Tucholsky   Wagner   Zola   Scott   Sydow   Freud   Schlegel
Turgenev   Wallace   Fonatne

Twain   Walther von der Vogelweide   Fouqué   Friedrich II. von Preußen
Weber   Freiligrath   Frey

Fechner   Fichte   Weiße Rose   von Fallersleben   Kant   Ernst   Frommel
Richthofen

Hölderlin

Engels   Fielding   Eichendorff   Tacitus   Dumas
Fehrs   Faber   Flaubert   Eliasberg   Ebner Eschenbach
Feuerbach   Maximilian I. von Habsburg   Fock   Eliot   Zweig   Vergil
Ewald

Goethe   Elisabeth von Österreich   London

Mendelssohn   Balzac   Shakespeare   Dostojewski   Ganghofer
Lichtenberg   Rathenau   Doyle   Gjellerup
Trackl   Stevenson   Hambruch
Mommsen   Thoma   Tolstoi   Lenz   Hanrieder   Droste-Hülshoff

Dach   Verne   von Arnim   Hägele   Hauff   Humboldt
Karrillon   Reuter   Rousseau   Hagen   Hauptmann   Gautier
Garschin

Damaschke   Defoe   Hebbel   Baudelaire
Descartes   Hegel   Kussmaul   Herder

Wolfram von Eschenbach   Dickens   Schopenhauer   Rilke   George
Bronner   Darwin   Melville   Grimm   Jerome   Bebel   Proust
Campe   Horváth   Aristoteles

Bismarck   Vigny   Barlach   Voltaire   Federer   Herodot
Gengenbach   Heine

Storm   Casanova   Tersteegen   Gilm   Grillparzer   Georgy
Chamberlain   Lessing   Langbein
Brentano   Lafontaine   Gryphius
Strachwitz   Claudius   Schiller   Kralik   Iffland   Sokrates
Bellamy   Schilling

Katharina II. von Rußland   Gerstäcker   Raabe   Gibbon   Tschechow

Löns   Hesse   Hoffmann   Gogol   Wilde   Vulpius
Luther   Heym   Hofmannsthal   Klee   Hölty   Morgenstern   Gleim
Roth   Heyse   Klopstock   Kleist   Goedicke
Luxemburg   Puschkin   Homer   Mörike   Musil
La Roche   Horaz

Machiavelli   Kierkegaard   Kraft   Kraus
Navarra   Aurel   Musset
Nestroy   Marie de France   Lamprecht   Kind   Kirchhoff   Hugo   Moltke

Laotse   Ipsen   Liebknecht
Nietzsche   Nansen   Ringelnatz
Marx   Lassalle   Gorki   Klett   Leibniz
von Ossietzky   May   vom Stein   Lawrence   Irving

Petalozzi   Knigge
Platon   Kafka
Sachs   Pückler   Michelangelo   Kock
Poe   Liebermann   Korolenko
de Sade   Praetorius   Mistral   Zetkin

Ein frohes Farbenspiel

Otto Ernst

Impressum

Autor: Otto Ernst
Umschlagkonzept: toepferschumann, Berlin

Verlag: tradition GmbH, Hamburg
ISBN: 978-3-8424-6824-5
Printed in Germany

Text der Originalausgabe

Otto Ernst

Ein frohes Farbenspiel

Der Hamburger Lehrervereinigung
zur Pflege der künstlerischen Bildung
zugeeignet.

Von Schiffahrt, Angst, Courage und dergl.

Wir waren eine regelrecht gemischte Gesellschaft: immer ein Mädel – ein Bursche, ein Mädel – ein Bursche u. s. w. Nur in zwei Dingen stimmten wir alle überein, erstens: wir waren jung, und zweitens: wir wollten uns an diesem Nachmittag auf jeden Fall wundervoll amüsieren. Selten ist ein Vorsatz mit größerer Energie gefaßt worden als dieser.

Nun ist es eine der allerbekanntesten Thatsachen, daß solchen Leuten in solcher Stimmung eine Wasserfahrt ein ganz erhebliches Vergnügen zu bereiten pflegt. Die Damen ins Boot heben, ihre Füßchen und Spitzensäume bewundern, sie kreischen und kichern hören, sie beruhigen, ein stolzes Beschützergefühl in den resp. Männerbusen spüren, sich mit unerhörter Bravour in die Ruder legen und Wind und Meer gebieten, solange sie nichts dagegen haben – andrerseits: vor den Männern zu spielen mit eben jenen Füßchen und Spitzensäumen, mit anmutzarter, hilfsbedürftig-ängstlicher »Weiblichkeit,« vielleicht gar die Ärmel hochstreifen, Hände Nr. 5¾ zeigen, ein für hervorragende Schifferfäuste gemachtes Ruder mit möglichst zierlicher Täppischkeit umklammern und es solchermaßen hin- und herbewegen, daß sämtliche Insassen etwas davon haben – wer wollte leugnen, daß alles das für die resp. Geschlechter ungefähr soviel bedeutet wie ein Leutnant mit Schlagsahne oder ein dreisitziges Fahrrad mit Skatvorrichtung, nämlich: *eine Akkumulation höchster Genüsse?*

Ein erklärtes Verhältnis gab es erfreulicherweise innerhalb unserer achtköpfigen Gesellschaft nicht – wenn auch *ein* Paar gewisse dringende Verdachtsmomente aufwies – es bestand also, wie der kundige Leser aus meinen Andeutungen schon geschlossen haben wird, zwischen uns jene reizvolle Spannung ungleichnamiger Geschlechter, der die Entfernung noch zu groß ist, als daß der Funke überspringen könnte, die sich aber dafür in einem pracht- und wundervollen St. Elmsfeuer der Koketterie entladet. Es giebt kaum etwas Possierlicheres als die Koketterie zwanzigjähriger Leutchen. Die jungen »Männer« posieren entweder genau so stark wie die Weibchen oder etwas stärker; in späteren Jahren freilich neigt sich das Übergewicht in diesem Punkte auf die Seite der Frauen, weil die Männer dann fauler und gleichgültiger werden, diese Eigenschaften sehr oft für sittlichen Ernst halten und sie infolgedessen ernstlich kultivieren. Die *jungen* Männlein aber thun groß, und die Weiblein thun klein, so will es die überlieferte Praxis. Was die Jünglinge in dem Alter um 20 herum an Mut produzieren, ist unglaublich. Und sieht man die Jungfrauen, so weiß man – immer vorausgesetzt, daß man selbst im entsprechen den Alter steht – daß Anmut und Sanftmut, Zärtlichkeit und Mitgefühl ewig wohnen werden an jedem Herde der Heimat. Mut wollten wir heute zeigen, den Mut zu Wasser; es sollte eine Elbpartie gemacht werden.

Es war aber einer unter uns, der das ehrwürdige Alter von 27 hatte, der männliche Part des verdächtigen Paares, und dieser stellte jetzt die komische Frage:

»Ist denn einer von Ihnen, meine Herren, auch im stande, ein Boot auf der Elbe zu handhaben?«

Ein kurzes, entrüstetes Schweigen und dann eine Sturzwelle von Fragen: »Wieso?« »Das bißchen Rudern?« »Können Sie nicht rudern?« » *Sind Sie bange?*«

Dies Wort gab dem Übermut Luft: der arme Herr Steen hatte ausgesorgt; er konnte sich für heute und für die Zukunft auf den Hohn der wagelustigen Jugend gefaßt machen.

»Es vergeht kaum eine Woche,« fuhr er mit unerträglicher Ernsthaftigkeit fort, »daß nicht von einem gekenterten oder überrannten Boot und von ein, zwei, drei bis ein Dutzend und mehr ersoffenen Vergnügungsfahrern berichtet würde. Ich halte es für Leichtsinn, sich auf einem höchst gefährlichen Fahrwasser anderen als wirklich kundigen Händen anzuvertrauen, und habe das auch bisher noch nie gethan.«

Für den Menschenkenner wird es nicht nötig sein, ihm das Hohngelächter zu schildern, das ob dieser Rede auf den furchtsamen Herrn Steen herniederprasselte. Die Damen schürzten heimlich mit Verachtung die Lippen, und selbst diejenige, welche ein dunkler Verdacht mit diesem Sicherheitskommissar in Verbindung brachte, entfernte sich unwillkürlich um einige Schritte weiter von ihm.

»Na, sei'n Se man nich bange!« rief Herr Martens, der oberste Draufgänger von uns Jungen, »versuchen Se's man! Wenn Ihnen schlecht wird, setzen wir Sie in eine Droschke und lassen Sie fein bis an Ihr Bett fahren. Zufrieden?«

»Gut, unter dieser Bedingung geh' ich mit,« versetzte Herr Steen. Die Zusage wurde mit spöttischem Gelächter aufgenommen; die Damen kicherten jetzt ganz ungeniert hinter Herrn Steens Rücken. Auf dem Weg nach dem Hafen blieb er fast gänzlich isoliert.

Da war also wieder mal unser alter lieber Hein Kloock, der Bootsvermieter und Inhaber jener Badeanstalt, in der ich als Fünfjähriger mein erstes öffentliches Bad in solcher Art nahm, daß ich in der Glut meines damals schon bedrohlichen Temperaments mit Hemd und Höschen in das Bassin für die größten Erwachsenen sprang und sofort mit dem Kopf bis auf den Grund drang. Ein ruhiger Griff Hein Kloocks in meine Nasiräerlocken brachte mich wieder zum Vorschein. Seitdem hat sich eine Art Kindschaftsgefühl gegen den alten Mann in mir erhalten; ich nehm' ihm jede Geschichte ab, und wenn ich ihn besonders erfreuen will, reize ich ihn durch fabelhaft unwissende Fragen zu einer belehrenden Erzählung aus seinen Seemannszeiten. Er hat, nach einem ziemlich verbürgten Gerücht, nur ein paar Fahrten nach Westindien gemacht; aber er lügt bis zu den höchsten Breitegraden, und ein Überfall durch chinesische Seeräuber im Gelben Meer kostet ihm nicht die geringste Anstrengung. Überhaupt erzählt er jedes gewünschte Abenteuer und mißt dabei, während er den Zuhörer schärfstens studiert, im stillen ab, wieviel tote Seeräuber und wieviel Fuß Sturzwellen er ihm zumuten darf. Mir fügt er die höchsten Wellen und die meisten Toten zu; denn ich mache ihm zu Gefallen immer ein Gesicht wie Klingers Simplizissimus, da er vom Einsiedler das Lesen lernt. Hein Kloock ahnt natürlich nicht, daß mir das Interessanteste seine Geographie ist. Er hat es mir schon wiederholt versichert, es sei ein wahres Glück, daß »die Linie« übers Wasser gehe; wenn sie übers Land ginge, würde die Hitze nicht auszuhalten sein.

Dieser Mann also vermietete uns ein gutes, nettes Boot, versprach uns gutes Wetter – was er immer thut – und wünschte uns eine glückliche Fahrt. Herr Steen bestieg unter großem Halloh das Boot.

»Herr Steen – vorsehn. Das Wasser hat keine Balken!« – »Herr Steen, es wackelt!« – »Herr Steen, werden Sie nicht beim Einsteigen schon seekrank« u. dgl. mehr schwirrte dem Ärmsten um den Kopf, der aber, zum Glück für die gute Stimmung, alles mit cynischer Gemütsruhe hinnahm und, als man sich müde geulkt hatte, trocken bemerkte, er müsse nur immer an unsere Eltern denken, für die unser Leben doch einen gewissen Sinn habe.

Der Hafen war diesmal wieder groß und schön. Wer den Hamburger Hafen in seinem Sonntagskleide sehen will, der muß ihn an einem sonnigen Arbeitstage sehen. Ich kenne kein überwältigenderes Bild der Arbeit als dieses. Hier scheinen sich alle Geräusche der Welt zu vereinigen zu einer sausenden, rollenden, surrenden, hämmernden, knirschenden, pfeifenden, klirrenden, heulenden, stöhnenden, donnernden Symphonie der Arbeit. Hier sind wir nicht mehr in einem kleinen Staate, hier sind wir in der Welt. Hier weht Luft aus allen Zonen, Klang und Duft aus allen Breiten. Die Masten der Schiffe, dieser Cyklopenmauern, weisen in blaue Höhen, ihr gierig-scharfer, durchschneidender Bug in blaue Weiten. Hier braust dir in *einem* Augenblick durch alle Adern wie Wein das ganze Kraftgefühl der Menschheit. Und das Heulen der Schiffssirenen giebt dir Antwort auf deinen Stolz: es ist ein wild auffahrender, wahnsinniger Wutschrei der unterjochten Naturkraft. Aber die ungeheuren Raubvogelschnäbel der Kräne holen unermüdlich neue Schätze aus den strotzenden Bäuchen der Schiffe hervor und streuen sie hinaus ins Land, unermüdlich, unermüdlich. Und droben auf dem Schiff, dessen steile Wand nun unmittelbar, zum Greifen nahe fast, neben uns emporsteigt, jäh, still, drohend, lauernd, als wollte sie im nächsten Augenblick sich neigen und uns zermalmen – droben an der Reeling tanzt ein steinkohlengeschwärzter Arbeiter mit humorvollen Sprüngen zu einer Musik, die von einem Vergnügungsfahrzeug her lustig über die Wellen hüpft. Und auf dem Heck eines Chinafahrers sitzt eine deutsche Mutter und läßt ihr rundes Bübchen auf dem Arme tanzen zu eben jener Musik. »Musiiik! Musiiik!« hallt es von allen Quais und Schiffen und aus allen Speichern, als die heitere Weise verstummt ist.

Sie wollen Musik. Und über allem ist Sonne.

Wenn ich so durch diesen Hafen fahre, dann sehe ich ihn: den großen Triumphtag der Arbeit, da alles, was arbeitet, frei wird von gemeiner Sorge und frei wird zu reinerer Lust. So wird er aussehen, wie dieses große Bild voll Leben, That und Sonne. Ich weiß, ich weiß: *dies* ist nur ein Bild, und der Tag ist noch nicht da. Aber zuweilen sah ich ihn schimmern um die Masten dieser Schiffe und um die Dächer dieser Stadt.

Und dann stromab an den stillen, heimlich umbuschten Ufern von Neumühlen und Övelgönne, Othmarschen und Nienstedten vorüber, bis zu dem sauber blinkenden, weiß und grünen Finkenwärder. Immer größer, immer breiter, immer ruhiger der Strom, wie ein großes Leben, das von Stunde zu Stunde die Welt mit größerem Blick umfaßt und nun immer klarer, segensreicher, mächtiger und stiller wird.

Er fließt nach Westen, dieser Strom, und so ergießt er an jedem schönen Abend seine breite Flut in das purpurne Meer der Sonne. Sein Drängen und Treiben endet im Lichte. Das ist mir von Kindheit auf ein gewohntes, heiliges Bild.

Drüben, im allerfernsten Hause, das der Blick noch erreichen kann, blinken die Fensterscheiben von lauter Sonne. Das, ihr Brüder vom Gebirge, ist uns Kindern der Ebene Seligkeit: auf zwei Meilen weit dem Nachbar im stillen Herzen eine gute Nacht zu wünschen, wenn aus seinem Fenster die Abendsonne uns zunickt. Das ist uns Seligkeit: stundenlang wandern und fahren und fahren und wandern können und immer das Auge Raum trinken lassen, so viel es mag, ohne zu fürchten, er könnte alle werden. Was noch hinter diesem lachenden Horizont an duftig-klaren Weiten liegt, das trinkt ein Auge nicht aus. Ich liebe euer Gebirge von ganzem Herzen; aber jeden Morgen, wenn ich zum Fenster hinaus sehe, ja bei allem Tagewerk gegen hohe Wände zu blicken, das hielt' ich nicht aus. Das Herz, das mir in den Augen brennt und drängt, es würde ganz auf eigene Hand sterben vor Sehnsucht.

Jetzt durch die einsamen Grachten zwischen den Elbinseln hindurch, wo die Ruder an beiden Seiten ins Gras schlagen, in das hohe Gras, das den Rindern bis zum Bauche reicht, wo leise der Wind die Halme streichelt, wie eine Mutter die Stirn ihres schlafenden Kindes, wo kaum ein Laut vernehmbar ist, als ab und zu das dumpfe, sattbehagliche Brummen einer Kuh. Natürlich kehrten wir bei »Mutter Thiessen« ein.

Mutter Thiessen darf eigentlich keinen Schnaps verkaufen; aber sie thut es. Und er schmeckt auch, wenigstens ihr selbst; aber sie geht nie über das Maß hinaus, das ein kräftiger Mann vertragen kann. Sie ist Wirtin und Hausknecht und noch mit jedem Gaste fertig geworden; ihr Mann ist ihr Kellner. Jedesmal, wenn man ihn sieht, möchte man ihm ein Trinkgeld zustecken. Seine Frau ist immer hinter ihm her: »Clas, mak doch to! Wat steihst du hier un snacks! Bedeen din' Gäst!« und er: »Jowoll, min Engel! Jowoll, min söte Deern!« Wenn sie ihn nicht hört, versichert er dann jedem Gaste einzeln, dies verdammte Weibsstück könne ein Pferd totärgern.

»Sie müssen mal energisch auftreten!« meinte Herr Martens.

»Djä! denn ward se noch energischer. Dat hevv ick jo allens versocht!« versichert Herr Thiessen mit überlegener Resignation.

»Clas!!!« scholl es schmetternd von der Küche her.

»Jo jo, min Engel!! – Meenen Se, mine Herrschaften, dat Froensminsch kann een'n ok man'n Ogenblick in Ruh lot'n? Und dorbi: *slech* is se *nich*; se's bloß n' Satan.«

»Clas!!!!«

»Jo, min Deern!«

»Herr Thiessen!« rief jetzt Martens, »sagen Sie bitte Ihrer Frau, sie möchte die Spiegeleier nicht wieder so fürchterlich fett machen wie neulich!«

Herr Thiessen kam langsam zurück mit einem ratlosen Gesicht und legte Martens die Hand ans die Schulter.

»Ach Herr,« kam es unendlich verlegen heraus, »möchten Sie mir nich 'n großen Gefallen thun?«

»Wenn ich's kann, natürlich gern!«

»Möchten Sie nich reingehn un ihr das sagen?«

»Ich?« – Martens wurde blaß. »Ja, wissen Sie – das ist so 'ne Sache – das ist doch eigentlich *Ihre* Sache – ich kann doch nicht – das sieht ja doch merkwürdig aus – nee, dann lassen Sie's nur – das ist mir viel zu umständlich – ich sitz hier nun gerade gemütlich –«

Die Eier wurden also fett; wir aßen wie Ruderknechte – ausgenommen die Damen natürlich – und hörten zu dem ausgesprochen niederdeutschen Menu die tremolierenden Lungenübungen Violettas und die wahnsinnigen Triller Lucias, durch die Güte eines italienischen Orgeldrehers nämlich, der sich dann überraschend schnell in die holsteinische Kost einlebte. Als wir die Rückfahrt antraten, bat er uns, ihn und seine Orgel mit nach Hamburg zu nehmen. Wir dachten an den Dreibund und willigten ein, unter der Bedingung, daß er nun auch der Orgel die wohlverdiente Ruhe gönne.

Als wir wieder auf dem eigentlichen Flusse waren, galt es, gegen den Strom des ablaufenden Wassers nach Hamburg zu kommen: für zwei Ruderer, die neun Personen und einen Leierkasten vorwärtsbringen sollten, keine leichte Arbeit. Ich saß am Steuer, und die vierte Mannsperson war zum Ablösen da.

Es war Abend geworden. Wasser und Luft schienen sich zu *einem* Element vereinigt zu haben, zu einer milchig grauen, alles erfüllenden Flut, die sich um Hals und Wangen legte wie der weiche Arm eines Weibes. Es war jene verdächtige Milde um uns, die sich leicht in Thränen löst. Wir konnten noch einen hübschen Regen bekommen.

Die beiden Ruderer arbeiteten kräftig; aber es ging nur langsam, sehr langsam vorwärts.

»Wir kommen ja kaum von der Stelle!« rief Martens.

»Gar nicht,« erklärte Herr Steen, der gerade frei war, mit auffallender Entschiedenheit.

»Wieso ›gar nicht‹?«

»Wir sitzen doch fest!«

»Wir sitzen fest?«

»Ja.«

»Wieso sitzen wir fest?«

»Wieso? Auf'm Sand. Haben Sie denn das nicht gemerkt? Wir sitzen ja schon 'ne Viertelstunde.«

»'ne Viertelst– – Ja, aber Menschenkind, warum sagen Sie denn das nicht eher?« rief Martens etwas indigniert.

»Ich dachte, Sie wüßten das und blieben mit Absicht sitzen,« entgegnete Steen mit der Miene eines frisch gewaschenen Engels.

Ich mußte laut herauslachen. »Jetzt uzt *er uns!*« rief ich.

»Ja, wie kommen wir denn wieder los!« rief Martens ärgerlich.

»O, das ist sehr einfach,« meinte Steen, »Sie müssen nur nicht das Boot gegen den Strom flott machen wollen. Erlauben Sie?« fragte er höflich, nahm Martens das Ruder aus der Hand, tastete den Grund damit ab, stieß es dann in den Sand und schob allein das Boot mit dem ablaufenden Strome wieder ins freie Wasser.

»Bitte?!« Er gab das Ruder zurück.

Es war kein Zweifel, Herr Steen war der ganzen Gesellschaft etwas interessanter geworden. Die Damen betrachteten sich ihn wiederholt von der Seite.

Da geistert neben uns aus dem Nebel das Wrack der »Alexandria«. Ein mächtiger Überseeer, den ein anderer Dampfer mitten durchgerannt hat, bei solchem Wetter wie heute. Die beiden Hälften starren drohend aus der leise schwatzenden Flut herauf. Die furchtbaren Flügel der Schiffsschraube ragen gespenstisch in die Luft – sie haben Ruhe. Wir umfahren das Wrack. Wir sind wieder still geworden. Um diese Stätte weht Tod. Die dicksten Eisenstangen sind zerbrochen wie Glas, gebogen, aufgewickelt wie dünner Draht. Oben am Fockmast hängt eine Laterne und gibt ein kleines, einsames, trauriges Licht, zur Warnung für die Fahrenden. Einst war auf diesem Deck, in diesen Kajüten Leben, Bewegung, Lärm, Befehlen und Gehorchen. Alles verlassen. Wer weiß, ob nicht unten in einem verborgenen, vom drängenden Wasser verschlossenen Raume noch von denen liegen, die nicht wieder an die Oberfläche kamen? Und ob sie nicht im nächsten Augenblick hervorhuschen, die Treppen heraufkommen wie die Katzen, hierhin, dorthin hasten, die Glut aufstochern unter dem Kessel, in die Masten schlüpfen, die Segel hissen und im Hui mit ihrem Schiff verschwunden sind –

Es ist verschwunden. Wir sind vorüber. Der Nebel ist stark.

Ein schöner, leiser, wiegender Zwiegesang klingt ganz nahe. Und nichts zu sehen – doch! – Ein Boot mit dunklen Segeln. Aber kein Mensch darin zu sehen. Vorbei. Der Nebel verschlang es.

So grüßt uns ein Gedicht. So huscht es vorbei. Es kommt darauf an, wie viel man davon erhascht. Ganz erwischt man's nie. Später, als ich allein war, sah ich nach, wie viel ich im Netz behalten.

> Zwei plaudernde Gesellen
> Im Kahn, im flügelschnellen.
> Schon stieg aus sanften Wellen
> Die Nacht, die milde Fei.
>
> Was war's – was huscht von hinnen?
> Ein Schiff mit schwarzen Linnen
> – Kein Schiffer saß darinnen –
> Glitt unserm Boot vorbei.
>
> Vom Schiff her kam ein Singen
> Auf weichen, dunklen Schwingen,
> Ein längst vertrautes Klingen,
> Wie fremd die Weise sei.
>
> Verklingen und Entschwinden! – –
> Wer sucht, um uns zu finden? –
> Auf Wellen floß und Winden
> Das Schweigen still herbei. –

Ein feiner Regen begann herabzurieseln. Die Damen hüllten sich fröstelnd in ihre Mäntel; es wurde unbehaglich und still.

Mit einem Male rief Steen: »Ein Dampfer!«

»Wo denn?« fragte Martens.

»Da, dicht vor uns, sehen Sie denn nicht?«

Ein Licht ging aus dem Nebel auf, und ein großer, schwarzer Bug stieg dicht vor uns aus dem Dunkel.

»Mensch, was machen Sie!« schrie Steen entsetzt; im nächsten Augenblick hatte er Martens die Ruder entrissen.

Martens war völlig kopflos geworden: er hatte vorwärts gerudert statt zurück. Die nächsten Sekunden entschieden über Leben und Tod. Noch ein paar Schläge und wir wären unter den Dampfer geraten.

Mit ein paar ruhigen, kräftigen Ruderschlägen brachte Steen unser Boot außer Gefahr; wir schrammten so eben, so eben an unserm Verderben vorbei. Vom Dampfer herab prasselte eine volle Garbe von Seemannsflüchen auf uns nieder, die allerlei wohlmeinende Ratschläge enthielten.

Steen behielt die Ruder. Martens verlangte sie nicht zurück.

Wenn jetzt jemand gewagt hätte, etwas gegen den Herrn Steen zu sagen – was dem wohl passiert wäre!

Die Damen ließen ihn kaum noch aus den Augen. Gar nicht aus den Augen ließ ihn diejenige, welche – der Leser weiß schon. Ihr Blick schien um Verzeihung zu bitten.

Alles gehorchte jetzt seinen Anordnungen, und wir kamen dabei bald in den sicheren Hafen. An Land gekommen, fühlten wir in unserer Durchfrorenheit das Bedürfnis nach einem heißen Trunk.

»Herr Steen,« sagte ich, »Sie haben uns das Leben gerettet; nun müssen Sie auch so großmütig sein, uns für unsere Dummheiten bei einem Grog die Köpfe zu waschen. Uns friert; wir wollen einen trinken.«

»Mir ist sehr warm!« sagte er überrascht. »Aber wenn ich an die Geschichte zurückdenke, krieg ich freilich nachträglich das Gruseln.«

»Sie sind ja eine komplette Wasserratte!« rief Martens.

»Ich denke nicht dran,« entgegnete Steen. »Dies war meine dritte Kahnfahrt. Ich würde keinem raten, mir auf dem Wasser sein Leben anzuvertrauen. Aber mir geht etwas ab, was auf dem Wasser sehr hinderlich ist.«

»Nun?« fragte Martens gespannt.

»Die Saloncourage,« versetzte Steen.

Der große Sonntag

Soll man reisen?

Ein redlich genährter Bürger ans meiner Bekanntschaft verneint es. Man könne alles zu Hause in gewohnter Behaglichkeit lesen, was die Welt Beachtenswertes biete.

Ich finde aber, man hat beim Lesen nicht das von der Jungfrau oder von der Nordsee, was sie einem in natura bietet. Die Seeluft z. B. verliert entschieden. Ich gebe zu, daß das nur meine ganz subjektive Auffassung von der Sache ist; aber die genügt mir auch. Hiermit dürfte ebenso wissenschaftlich als gründlich nachgewiesen sein, daß man reisen soll, daß das Reisen eine göttliche Sache ist, wenigstens für mich.

Wann soll man reisen? Nur in der Hochsaison, oder auch in der ganz gemeinen Saison, oder auch außer aller und jeder Saison? Ich stimme dafür: Immer, wenn man Lust und Geld hat. Auch im Winter und wenn's regnet! Ach, erst recht, wenn es regnet! Die Natur ist ein mordssauberes Weib, und das ist ja das Eigentümliche solcher Weiber, daß sie auch in einem langen, grauen Regenmantel mordssauber sind.

Wir hatten uns eine Fußtour nach einem vier Stunden entfernten Ziele vorgenommen, sie und ich. Der Regen gab deutlich zu verstehen, daß er uns dahin begleiten werde. Wir bedeuteten ihm, er möge sich nicht bemühen; aber es war ein Regen von jener sanften Beständigkeit, die zuletzt immer durchdringt, die den Regen eigentlich erst zum Regen macht, die der Landmann nach monatelanger Dürre so sehr zu schätzen weiß und die der unerschütterlichen Bedachtsamkeit jener Menschen gleicht, die mit dem Leben sparen und sehr alt werden. Wir mußten zunächst über eine lange, lange Wiese, sie, ein liebes, junges Weibchen, und ich. Junge Damen in Sommerkleidern gehen besonders gern durch das hohe Gras kräftig angefeuchteter Wiesen. Sie zog das Mäulchen und belohnte mein herzliches Mitgefühl mit ihrem Kleidersaum durch elegische Antworten. Ich pflege in solchen Situationen sofort zu begreifen, was zu thun ist. Ich ging mit ihr in das nächste Gasthaus und trank einen Grog. Sie wollte keinen; ich sah also ein, daß ich zweier bedürfen würde, und trank noch einen. Und dann ging es weiter. Und dann hatt' ich so viel Gesang und Blödsinn im Leibe, daß ich einen Schwank von drei Stunden aufführte. Ich wählte nur solche Lieder, die von der außerordentlich klaren Bläue des Himmels sangen und über den goldigen Sonnenschein jubelten. Ich pries mit schmetternden Tönen den leuchtenden Tag und hörte mit Vergnügen, wie der Regen vor Wut auf meinem Schirm trommelte. Sie prustete, sie kicherte, sie mußte sich die Seiten halten und spielte schließlich mit, und das hatt' ich gewollt.

Und wenn der Waldweg einen Blick ins Thal gewährte, dann sahen wir stumm in die milchweiße Tiefe hinab, aus der ein ferner Gebirgsbach rauschte. Auch auf diesem Rauschen lag ein dichter, weißer Schleier. Was sonst im hellen Sonnenlichte da unten lag: das sah und wußte jeder; aber was hinter dieser weißen Stille lag in unergründlicher Tiefe: das wußte nur meine stille Seele. Immer sah ich nur eine milchweiße Wand; aber doch war mir's, als sänke mein Blick immer tiefer hinein und durchdränge einen Vorhang nach dem andern.

Und sie stand neben mir und wollte sprechen; aber als unsere Blicke sich trafen, sah sie meine Andacht, und sie schloß den schon geöffneten Mund und ward wirklich ernst. Und das gefiel mir so unsagbar gut.

Und als wir ein Weilchen weitergegangen waren, rang ich meinen Hut aus wie die Wäscherin ein Handtuch, und als ich ihn wieder aufgesetzt hatte, behauptete sie, ich sähe aus wie ein Strolch; aber der Hut thäte es nicht allein; etwas in meinem Gesicht käme dem Hut zu Hilfe. Ich schnob Wut und drohte, ihr die Traufe von meinem Regenschirm in den Nacken laufen zu lassen, worauf sie lachte. Und dann sagte ich:

»Entschuldigen Sie; aber ich muß mal schreien!« Und ich schrie.

»Himmel, was haben Sie für eine Kehle!« rief sie entsetzt.

»Noch gar nichts!« versetzte ich, »kann noch achtmal so stark. Aber jetzt müssen Sie schreien!«

Sie piepste.

»Hahahahaaaa! Das nennen Sie ›schreien‹?«

Ich packte ihren runden Oberarm und kniff ein bißchen.

Und da kam jener Schrei aus Weiberherzenstiefen, der einem, wie das Schwabenschwert dem Türken, durch Kopf, Brust und Leib geht und dennoch wohlthut. Die edlen Weiber sind auch daran zu erkennen, daß sie *schön* kreischen.

»So,« rief ich, »jetzt hat die Seele wieder Luft und kann sich von neuem freuen.«

Und während mir der Regen von Hutrand, Nase, Ohren, Wimpern, Bart, Fingerspitzen, Rockschößen und Hosensäumen rann, rief ich in den nahen Himmel hinaus: »Herrgott, was mußt du heut für Freude haben an uns!«

Als wir aber auf dem Gipfel waren und hinabschauten, was da? Da kochte und brauste das tiefe Thal, und aus den dunkelgrünen Tannen löste sich der milchweiße Dampf wie ein so zartes und so geschmeidiges Schleiergewebe, daß es sich den engsten Zweigwinkeln und dem dichtesten Nadelgewirr zu entschmiegen schien. Die Tannen rauchten, und alle Wälder brannten in einem unterdrückten, flammenlosen Feuer. Da zeigte sich im Süden ein lichterer Fleck und ward noch ein wenig lichter und dann noch ein wenig und wurde rötlich und dann gelb, und dann schlug die lang erstickte Flamme mit einemmale breit hervor, und da das Feuer Luft bekommen, stand gleich das ganze Thal in Glut. Nun sahen wir auch das Brausen: mit langem, freudetollem Sturz sprang ein Wasserfall durch den Sonnenschein.

So belohnt das Licht diejenigen, die ihm auch in grauen Tagen singen.

Ja, auch im Regen soll man reisen.

Da fällt mir aber schwer aufs Herz, daß ich von einer ganz plebejischen Art des Reisens rede: vom Fußreisen. Und mir fallen mit einemmal die staunend fragenden, mitleidig-spöttischen Gesichter ein, die schon aus zwei- und einspännigen Fuhrwerken auf mich herabgeblickt haben, wenn ich bestaubt und schwitzend, mit dem Ranzen auf dem Rücken, *meine* Straße zog. Sie bedrängen und bedrücken mich, diese Gesichter.

»Eine famose Tour!« sprach noch dieser Tage zu mir empfehlend ein holder Bekannter, »man braucht keinen Schritt zu gehen – ganze Geschichte kann man per Wagen abmachen. Famos!« Worauf ich ihn stumm mit jener Fülle der Verständnislosigkeit anglotzte, die mir für solche Fälle jederzeit zur Verfügung steht.

»Wie weit ist es denn bis zum ›Waldhaus‹?« hörte ich an einer Table d'hôte einen Herrn fragen.

»Drei Stunden,« antwortete jemand.

»Na, aber hör'n Sie mal: da müßte man doch dreimal verrückt sein, wenn man das zu Fuß machte!«

Ich hatte an dem Morgen 6 Stunden marschiert und senkte im niederdrückenden Gefühl meiner zweimal dreifachen Verrücktheit meine Nase ins Glas.

So freut sich ein Mensch am andern, dachte ich. Die halten mich für verrückt, und ich sie.

Fahren – in einem guten Wagen auf guter Straße mein' ich – ist ein unverdienter Genuß. Man kommt schnell vorwärts und thut nichts dazu. Ich habe deshalb beim Fahren die üppigen Gefühle eines freigehaltenen Schlemmers. Und solche Genüsse haben unzweifelhaft ihren eigenen Reiz. Aber daß sich auf der Reise die Geschwindigkeit meiner Empfindungen und Ideen nach der Geschwindigkeit von Pferden richten solle, das halte ich für eine maßlos unverschämte Zumutung. Und dann hab' ich nun einmal diese selig-fidele Federkraft in den Beinen. Die empfindlichste Feder des raffiniertesten Landauers ist ein Marterwerkzeug gegen meine Muskeln, die mich über tausend Felsentrümmer wie in einer Sänfte tragen und die jeden Morgen, neu gestärkt, dem Geist des Lebens eine jubelnde Andacht tanzen.

Wer also über das Reisen zu Wagen authentische Mitteilungen wünscht, den muß ich an meinen Bekannten und an den Herrn von der Table d'hôte verweisen.

Soll man planlos oder nach einem vor der Reise entworfenen Plane reisen? Ich bin ganz entschieden für einen detaillierten Reiseplan; nur darf man sich nicht nach ihm richten.

Zuerst und vor allem bin ich für Ausarbeitung eines sorgfältigen Reiseplanes, weil man dabei schon alle Seligkeiten der Reise in zartester Zubereitung durchkostet. Der Vorgeschmack ist ja an den meisten Dingen dieser Welt das Schönste. Welche Genüsse schlummern schon in solch einem »Hendschelschen Telegraphen«! Und dann erst in solch einem »Baedeker« oder »Meyer«! Man notiert sich jeden »prachtvollen Spaziergang«, jeden »Turm mit herrlicher Fernsicht«, jedes Hotel »mit vorzüglicher Küche«, jedes Museum mit Gemälden und Skulpturen von den denkbar größten Meistern, jede Schlucht, jede Klippe und jeden Wasserfall. (Es kommt ja nachher immer anders, wenigstens bei mir; aber was schadet das? Man hat erst einmal all diese Köstlichkeiten weg!) Und dann die Zusammenstellung der Reiseutensilien – Himmel – dieses Entzücken! Mit welcher Wollust packt man die Hausschuhe ein, in denen man nach acht- oder zehnstündiger Wanderung am Abend schwelgen will! Welcher Jubel, wenn man den geeignetsten Reisecognac endlich gefunden hat! Mit welcher stillen Freude wählt man die ganz wenigen Bändchen Reiselektüre, und mit welcher liebevollen Sorgfalt schätzt man das nötige Quantum heimatlicher Cigarren ab, damit man niemals in die Versuchung komme, sich in einem leichtfertigen Augenblick, fern von liebenden Verwandten und Freunden einer unberechenbar ländlichen oder kleinstädtischen Cigarre auszuliefern.

Ich bin aber noch aus einem persönlichen Grunde für einen Plan. Als Junge und Jüngling kam ich nicht über meinen Heimatsort hinaus, und da ich unausgesetzt, während ich durch die Straßen lief, mit einwärts gekehrtem Blick die zahlreichen und glanzvollen Ideale meiner Kindersehnsucht zu betrachten pflegte, so entwickelte sich in mir nach und nach der miserabelste Ortssinn, den Europa aufzuweisen hat, ja, es entwickelte sich sozusagen in mir ein sicherer Instinkt zum Verlaufen und Verirren, eine konträre Ortsempfindung. Wie oft schon hab' ich, an einer Wegscheide stehend, mir gesagt: »Dieser Weg hier (sagen wir links) ist jedenfalls der richtige.« Dann sagte mir eine innere Stimme: »Du fühlst dich zu sicher! Du kennst dich doch! Dein böser Lokaldämon will dich täuschen! Geh den andern Weg!« Dann ging ich den andern Weg, und dann war's auch richtig der verkehrte. Ich bin machtlos gegen diese Bosheit: ich habe den Kampf gegen sie nachgerade aufgegeben, und das um so mehr, als ich mich auf Irrwegen in der Regel wunderbar ergötzt habe. Nur wenn ich mich von meiner Gutherzigkeit dazu hinreißen lasse, als Führer zu fungieren: dann wird jener Instinkt mir unangenehm. Als Reiseführer habe ich stets den schnödesten Undank zu kosten bekommen.

Nicht genug aber, daß mein perfider Ortssinn mich regelmäßig irreführt, sobald ich nicht streng nach der Karte wandere: er führt mich auch mit Vorliebe einundeinhalb Minuten Weges an den »Hauptsehenswürdigkeiten« vorbei. Z. B.: eine Aussicht fesselt mich so, daß ich lange davor stehen bleibe und alles andere vergesse oder auch an tausend ferne Dinge denke und dann eine halbe Stunde lang im Traume weitergehe. Wenn ich dann einmal meine Karte hervorziehe, entdecke ich, daß ich hart an der eigentlichen Haupt- und Monstre-Aussicht vorbeispaziert bin. Dann muß ich entweder umkehren – wenn die Aussicht so berühmt ist wie der Papst in Rom, den man ja gesehen haben *muß* – oder ich tröste mich – was mir sehr leicht wird – damit, daß die unberühmte Aussicht, die ich gesehen, doch auch ganz herrlich war und daß die unberühmten Schönheiten gewöhnlich eigenartiger, frischer und schöner sind als die berühmten und stark frequentierten Schönheiten.

Am Abend dient mir dann mein detaillierter Reiseplan dazu, festzustellen, wie oft und inwiefern ich von ihm abgewichen bin. Welchen Weg ich gehen werde, kann ich unmöglich immer wissen; aber welchen Weg ich gegangen bin, das mag ich gern erinnernd und bewußt überblicken.

Also: man mache sich einen Plan; aber man weise keinen Gedanken mit heftigerer Entschiedenheit zurück als den, daß man sich von ihm solle tyrannisieren lassen.

Ich reise mit Vorliebe zu zweien, mit einem guten, sehr guten Freunde oder einer noch besseren Freundin. Nur müssen sie unterwegs mit wenigen Worten auskommen und *allein* zu genießen verstehen. Die Menschenseele ist keusch und steigt nur, wenn sie allein ist, ganz entkleidet ins Bad der Stimmung. Ich für mein armes Teil kann aber nicht schwimmen, und wenn ich mich zu weit vorwage, gehe ich unter. Dann ist mir ein Freund willkommen, der mich herauszieht.

Und dann des Abends aus der Fülle des Tages plaudern, beim Glas und bei der Cigarre, mit einem Freund, mit einer holden Freundin. Ach, ist das schön! Das ist das nötige Stück Heimat und Ruhe in der Ferne.

Und halt – noch eins! Ja, das ist auch köstlich: einem lieben Menschen die Stätten zeigen, die man selbst schon gesehen, wo man schon einmal im Schauen selig war! Da trinkt man die Schönheit durch eine geliebte Seele; der unmittelbare Genuß tritt zurück hinter dem Gedanken: Wie wird ihm das gefallen! Wie wird ihr das Herz springen, wenn ich sie mit einemmale da hinabsehen lasse! – Das ist eine besondere Reisefreude, und ein besonderes Reiseleid ist es, in ein seliges Gefild zu schauen und die nicht herbeirufen zu können, die man liebt.

Einmal aber war ich an einen Gesellen geraten, der sich morgens auf 45 oder 50 Kilometer einstellte und der sich dann den Tag über darauf beschränkte, abzulaufen. Die 45 Kilometer lagen ihm tags über wie ebenso viele Kilogramme auf dem Herzen, und erst des Abends, im Bett, empfand er sein Reiseglück. Ein Turm, der in seinem Plane stand, mußte genommen werden, da half dem Turme nichts. Und wenn über der obersten Plattform ein Schutzdach war, so stieg er aufs Schutzdach. Unterwegs pflegte er mir die Zeit damit zu vertreiben, daß er feststellte, wann wir zu einem Kilometer 10, wann 11, wann gar 12 Minuten gebraucht hatten. Zwei Tage lang vertrug ich's wie ein Lamm. Der Kerl war mir neu. Am Abend des zweiten Tages, als noch 5 Kilometer Pensum unerledigt waren, erklärte ich, hier, in diesem Dorfe über Nacht bleiben zu wollen. Er starrte mich an, sah meine sanfte Unerschütterlichkeit und fügte sich. Aber er war gebrochen. Als er schon eine halbe Stunde im Bett gelegen hatte – ich saß noch auf dem Balkon unseres Zimmers – hörte ich ihn stöhnen. Ich fragte, ob ihm etwas fehle.

»Nein – nichts. – – Morgen ist 'n strammer Tag.«

»Wieso?«

»Na, 48 Kilometer haben wir so schon, und dann noch die 5 von heute –«

Am nächsten Morgen nahm ich mit verbindlichen Worten von ihm Abschied, indem ich mich für seine Gesellschaft bedankte.

Freiheit! Du bist mir das Köstlichste an allem Reisen! Dies Losgebundensein von allem, von allem gewohnten Zwange: das ist das Unbeschreibliche! Nicht nur, daß ich faulenzen darf; das könnt ich ja auch zu Hause. Aber hier bin ich für keinen zu haben; kein

Mensch hat mir was zu sagen, aber auch keiner! Die Briefe, die jetzt zu Hause ankommen, brauch' ich nicht zu beantworten, hihi! Wenn 'n langweiliger Kerl kommt, um mich zu besuchen – »Der Herr ist verreist!« – hihihi! Einladungen zu dringenden Komitee-, Ausschuß- und Vorstandssitzungen – es thut mir ja riesig leid; aber ich bin entschuldigt – hihihihiii! Freilich: wer das ganze Jahr hindurch thun und lassen kann, was er will, der hat auch diese einzige Freude nicht einmal. Und wer auf Reisen geht, um draußen die Genüsse der Stadt und des Hauses und des Winters und der »Gesellschaft« zu suchen, mit anderen Worten, wer auf Reisen geht, um zu Hause zu bleiben, der kennt dich nicht, herrliche Losgelassenheit! Es klingt paradox; aber das Köstlichste am Reisetag ist die Morgenstunde bei der Toilette und beim Kaffee. Denn dann liegt so ein ganzer, ausgestreckter Tag im goldenen Freiheitslichte vor mir, und ich bin sein souveräner Herr. Ich kann auf den Berg steigen; ich kann um den See wandern, ich kann das Thal hinaufgehen, ich kann auch hier unter der breiten Linde sitzen bleiben und lesen, d. h. schließlich kann ich ja nur eines; aber vorläufig kann ich alles und genieß ich alles. Darum ist eine Reise für mich ein einziger langer Sonntag, der große Sonntag des Jahres, und alles, was mir auf Reisen begegnet, ist Sonntag.

Als kleiner Junge wurde ich jedes Jahr einmal zur Weihnachtskomödie ins Theater geführt. Das war für mich der große Lichtpunkt des Jahres. Dann sah ich in allem Treiben und Gewimmel der Großstadt eine festliche Bewegung, ja es war mir, als ob alle von meinem Freudentage wüßten und alle Menschen und alle flimmernden Herrlichkeiten sich rüsteten, mich zu entzücken. Daß an diesem wunderbaren Tage jemand so teilnahmlos, so unfreundlich und abgeschmackt sein könne, an Arbeit und alltägliche Dinge zu denken, das schien mir unmöglich.

Dieselbe kindliche Illusion begleitet mich noch immer, wenn ich auf Reisen bin. Ich weiß es ja, aber ich kann es mir nicht vorstellen, daß der Tag meiner Freiheit und Freude für die Menschen, die mir begegnen, ein Tag der Last und der Sorge sein könne. Und ungefähr so, mein' ich, muß es allen sein, die »recht in Freuden wandern«. Der sonntägliche Hauch, der über der Ferne liegt, läßt uns wohl gerade eine fremde Gegend so oft schöner erscheinen als eine heimatliche, mag sie auch durchaus nicht schöner sein. Denn ob wir noch so sehr die Heimat lieben: das wissen wir zu gut, daß in ihren Thälern und Höhen auch die alleralltäglichste Mühsal und Trübsal schreitet, unsere eigene Mühsal und Trübsal ist auf ihren Wegen gewandelt.

Sollte nicht das »soziale Mitgefühl« bald einmal darauf verfallen, den vom Alltag Erdrückten, die Jahr für Jahr in ungelockerter Arbeitsfessel verbringen, dasjenige zu geben, was der Mensch so notwendig braucht wie das Brot: einen Sonntag, einen Jahrsonntag, einen Freiheitssonntag, einen Reisesonntag? Ich habe mir sagen lassen, daß in England und Schottland die Arbeiter wenigstens an vielen Orten 8 bis 14 holidays bekommen und dann mit Kind und Kegel aufs Land ziehen. Man weiß bei uns wohl noch nicht, wieviel Kraft und Freude ein Sonntag geben kann. Ein richtiger Sonntag vergoldet alle Werkeltage und gibt auch dem Geplagtesten das Bewußtsein höherer Bestimmung.

Und etwas Prachtvolles an der Reise ist doch auch die Heimkehr! Dieser Arbeitshunger, diese Frische! Mit spöttisch überlegener Kraft jongliert man mit den schwierigsten Aufgaben wie etwa der göttliche Herakles mit einem Rohrstuhl. Und dann wird's einem klar, daß man wirklich doch das gemütlichste Sofa von der Welt besitzt. Ich gebe ja zu: das ist etwas philiströs gedacht. Aber verachten wir die philiströsen Freuden nicht ganz: das wäre philiströse Verbohrtheit. Vergessen wir nicht, daß alle Werte relativ sind und daß alles Empfinden sich an Gegensatz und Wechsel entzündet. Nach einem munteren Reisebummel und nach einem Souper mit angeschlossenem Dejeuner ist es köstlich, Philister sein zu dürfen. Nur darf man von allen Dingen der Welt eben dieses Ding am wenigsten übertreiben. Das ist es ja, was uns an den echten Philistern so sehr verletzt: daß sie nicht Maß zu halten wissen. Leute dieser Art sollten reisen, nach den entferntesten Gegenden, wo die schärfsten Gewürze gedeihen, und sich dort niederlassen. Das würde den Wert des Reisens aufs neue beweisen.

Flieh, auf, hinaus in's weite Land!

In den Pfingsttagen ist er wieder aufgestanden. Die Pranken hoch emporgestreckt zum Ansprung . . . .

Kusch!!

Und langsam, sehr langsam duckt er sich noch einmal in den Winkel.

Der *Wanderdämon.*

Wer stets daheim geblieben ist, in dem schläft er einen tiefen Schlaf. Ein solcher Mensch spricht ganz unschuldig solche Lästerungen aus wie:

»Wozu soll ich reisen? Kann ich's irgendwo schöner und behaglicher haben als in Hamburg?«

Oder:

»Gehn Sie mir mit dem Reisen. Der reinste Selbstbetrug! Man giebt recht viel Geld aus, fühlt sich fortwährend unbehaglich und sagt immer ›O wie schön!‹ um sich nur zu beschwichtigen. Hab auch mal so'n Rundreisebillet durch 'n Harz gehabt. Bin gar nicht erst ausgestiegen. Gleich durchgefahren und wieder nach Hause . . . .«

Und was dergleichen Ahnungslosigkeiten mehr sind.

Aber wenn jener Dämon nur *einmal* Blut geleckt hat . . . .

Nehmen wir an, du machtest deine jährliche Reise im Juli, so meldet er sich nach der *ersten* Reise im Juni, nach der zweiten im Mai, nach der dritten schon im April, und nach wenigen Jahren, wenn du gerade vor dem Tannenbaum stehst und eine goldene Nuß hineinhängen willst, wachsen sehnsüchtige Bergriesen in dir empor, und über weltweite Alpengründe fließt Herdengeläut und millionensternige Blumenpracht.

Du schüttelst schnell den Kopf . . . Still!! Kusch dich!! . . . . Und der große, machtvolle Weihnachtsfriede deckt das liebe Ungeheuer zu – günstigenfalls, bis der erste Star unter deinem Fenster schrillt. Dann regt es sich ohne Gnade, und bald darauf wieder, wenn die »neun Sommertage des März« kommen – oder ausbleiben, je nachdem – und dann an dem Tage, da der *eine* große, warme Atemzug der Befreiung durch die Städte geht und alle Menschen, auch die in den Krankenstuben, sprechen: »Ja, *jetzt* ist der Frühling *wirklich* da!« – und dann in immer kürzeren Zwischenräumen.

In den Pfingsttagen richtete er sich gewaltig empor; ich spürte seinen heißen Atem an der Wange . . . .

An einem heiligen Pfingstmorgen in früher Kindheit ist er ja auch zum erstenmal in mir geweckt worden. Damals nahm ein älterer Bruder mich bei der Hand und führte mich das Ufer des breiten Elbstromes hinunter. Und sieh: jenseits des breiten, sonnigen Glanzes lagen blaue Berge, denkt euch nur: *blaue* Berge! Als mir mein Bruder dann noch sagte, die Bläue komme von den Heidelbeeren her, mit denen die Berge über und über bewachsen wären, da wuchs mein Verlangen ins Unendliche. Von jenen blauen Bergen kam meine Wanderlust.

Nun hatt' ich gesehen, daß es noch eine Welt gab jenseits unseres Dorfes. Mehr noch *gefühlt* als gesehen! Mein inneres Leben hatte ein Jenseits bekommen, eine nebelblaue Weite, in der meine Träume tanzen konnten. Von jenem Tag an gab es in meiner Seele Heimat und Fremde. Wir waren weit, weit gegangen, wenigstens für meine kurzen Kinderbeinchen, und zum erstenmal fühlt' ich den geheimnisvollen Zauber, den Überwindung des Raumes und Wechsel der Umgebung mit sich bringen. Ich weiß nicht, ob es anderen auch so ist: aber für mich hat die Überwindung großer Entfernungen, wie sie z. B. die Dampfkraft ermöglicht, etwas Anziehend-Unheimliches. So ein Handlungsreisender – ich bitte um Entschuldigung, wenn ich mich irre, und es gibt ja gewiß auch andere – spielt heute abend seinen Skat in Leipzig und morgen abend in Berlin, und wenn er beide Male gleiche Karten hat, ist es ihm ganz einerlei. Hab ich recht? Nun ja, es kann auch wohl nicht anders sein. Aber ich sage mir in solchem Falle gedankenvoll: »Gestern in München – und heute in Posen.« Und darin liegt dann so ein übermenschlicher Schicksalsklang wie etwa in den Worten: »Heute rot – morgen tot.« Es genügen schon die Bahnhöfe solcher zwei Endpunkte, um Schauer der Raumüberwindung in mir zu erwecken. Es mag wohl daher kommen, daß alle Dinge für mich Gesichter haben, seien es auch nur Steinwände, eiserne Träger oder bestaubte Fensterscheiben, keine Menschengesichter, sondern solche Gesichter, wie sie Steinwände, eiserne Träger und bestaubte Fensterscheiben eben haben . . . .

Und dann kamen alle die Pfingstfeste, da ich in der Nacht vor der Ausgießung des heiligen Geistes mit meiner Mutter bis zwei Uhr, bis drei Uhr bei der Lampe saß und seligen Blickes zusah, wie sie aus dem vergangenen Pfingststaat des Vaters den neuen Pfingststaat des Sohnes erstehen ließ. Ich sehe noch, wie auf den treuen, nimmermüden Händen der gelbe Lampenschimmer lag, ein Schimmer, der mir dann vor den stillen Augen zum gelben Sonnenschein auf Wald und Wiesenpfaden ward. Das schönste von allem Glück sind die geweihten Stunden der Erwartung, besonders die schweigend bewegten Nachtstunden, nach denen die Licht- und Klangfanfaren eines großen Morgens kommen sollen.

In solchen Nächten braucht man keinen Schlaf. Leg dich mit der Erwartung von Leiden nieder, und aus dem längsten und schwersten Schlaf erwachst du ohne Erquickung; wiegt sich aber dein Herz auf Flügeln fröhlicher Hoffnung, so nippst du wie ein Vogel einen einzigen Tropfen aus dem Wasser der Träume und fliegst gestärkt in den Morgen hinaus.

Ja, mit starken Beinen marschierten wir in allererster Frühe des Morgens hinaus. Die Tradition verlangte das: erste, keuscheste Herrgottsfrühe. »Herrgottsfrühe« – welch ein wunderbares Wort das ist! Alle Menschen schlafen noch; selbst die Vögel hocken noch im Nest; nur der Herrgott und du sind schon wach, und du fragst ganz unbefangen hinauf: »Wie wird's denn heut' werden?« denn er hat noch Zeit, ein Wort an dich allein zu wenden. Und leichte Sommerkleider verlangte die Tradition, bei den Mädeln sogar helle Kleider, wenn es auch sanft und hartnäckig regnete und der Regen nur selten unterbrochen ward durch ein wenig Schnee. Was Faust vom Ostermorgen sagt, mag ja im sechzehnten Jahrhundert richtig gewesen sein, heutzutage stimmt es nicht mehr, wenigstens nicht in Norddeutschland. Am Osterfeste macht man Schlittenpartien, freut sich aber, wenn man wieder beim Ofen sitzen und Grog trinken darf. Pfingsten ist das Fest, da die Menschen aus ihren steinernen Gräbern auferstehen, um Licht zu trinken.

Und solch ein Fest verregnen lassen (womöglich noch mit Schnee dazwischen), das kann nur der Teufel thun; denn ein Herrgott bringt dergleichen einfach nicht übers Herz. Pfingsten im strömenden Regen beginnen und verrinnen sehen, das war so, wie wenn unser bester Freund uns meuchlings einen Dolchstich versetzt; man stand am Fenster und sprach in sich hinein:

»Das war kein Heldenstück, Oktavio.«

Ich zog meine Eltern so oft ans Fenster und wiederholte so oft die Behauptung, es beginne jetzt im Westen »aufzuklaren«, daß sie bald ganz meiner Meinung wurden und die günstigsten Prognosen stellten. Auf das Wetter hatte das freilich keinen Einfluß. Und es rührt mich noch heute ganz seltsam, wenn ich Arbeiter mit ihren Frauen und Kindern in dünnen, weißen Pfingstgewändern, die melancholisch am Leibe herunterhängen, unter dem Regen fröstelnd dahinschleichen sehe. Wer sich aus jedem Tage einen Sonntag machen kann, der hat gut mit überlegenem Spotte lächeln: »Warum heben diese Leute sich ihren Staat und ihr Vergnügen nicht auf für einen späteren Tag? Ein Sonntag ist doch wie der andere!«

Ganz recht: ein Sonntag ist wie der andere; aber keiner ist wie der Pfingstsonntag. Am Pfingstsonntag ist in diesen Leuten das Maß der Frühlingssehnsucht voll, und es muß überströmen.

Ja, Sommerkleider mußten es sein und Strohhüte, und in der Flasche mußte Himbeeressig sein – für unerfahrene Zungen ein köstlicher Trank – und in der »Botanisier«-Dose ein Frühstück mit Schinken, Eiern oder noch selteneren Dingen. Ich gebe gern zu – ich sehe nicht ein, warum ich mich genieren soll – daß meine Seligkeit ein inniges Gemisch war von Schönheitsfreude und Schinkenhoffnung; aber ich bestreite auf das entschiedenste, daß sie nur aus letzterer bestanden habe, wie bei einigen meiner Kameraden. O nein, ich sah wohl die festliche Schönheit der breiten Wiesen, auf denen behende Burschen nach schlanken, tanzenden Mädchen haschten; ich blickte wohl mit heimlichem Entzücken seitwärts in grüne, heilig-dunkle Säulengänge, wo die Amseln furcht- und harmlos über den Weg liefen; ich sah wohl die Schönheit auf den Gesichtern, wenn dem blinden Geiger ein Groschen in den Hut fiel; ich bemerkte wohl, daß die weißen Segel auf dem Fluß so stilllächelnd dahintändelten, als ergingen sie sich ziel- und wunschlos auf den Fluten der ewigen

Seligkeit, und ich sah wohl, wie die Birke ihr langes Haar übers Gesicht fallen ließ, daß die Gräser damit spielten, und wie sie sich immer wieder neigte und sich immer wieder neigte und immer wieder, mit zärtlicher Geduld, wie eine junge Mutter. Und wenn ich damals gewußt hätte, daß *das* das Glück sei, was um die flüsternden Zweige flimmert und über den wandernden Strömen schimmert – wenn ich das geahnt hätte . . .!

Kann es euch wundern, daß gerade am Pfingstfest die Wandersehnsucht in mir aufstand, unbarmherzig, stark, wild, rauh, und dann mit einem Mal das ganze Innere mit lieblicher Glut erfüllend?

Daß ich mit einem Mal an einen kleinen Steg über einen Arm des grünen Dürrensees denken mußte, an ein paar Brettlein, von denen aus man eine andere Welt erblickt? Denn diese ungeheure, schweigende Runde wildauftrotzender Felsen gehört unmöglich zu der Welt, die wir kennen und in der wir leben. Dies Thal der ewigen Ruhe ist von der Welt des Strebens geschieden durch ewige Felsen. Hier trank ich bei lebendigem Leib die Wollust des Sterbens. Du stehst und starrst – und fühlst, wie unter dir das Tägliche versinkt; immer noch tiefer versinkt es, immer noch tiefer. Und starrend versinkst du selbst in unergründliche Tiefen der Seeleneinsamkeit. Du hast nicht Freund, nicht Weib, nicht Kind mehr; dein Leben ist ausgelöscht; du bist der letzte Mensch unter den furchtbaren Schauern steiniger Öde.

Und wie dein Blick noch starrend hängt am ragenden Geklüft, da steht mit einem Mal auf schimmerndem Grat eine ferne Erinnerung in rosigem Gewande und blickt dir gerad' ins Aug'. Habt ihr's gesehen, daß auf den höchsten Höhen Erinnerungen wohnen? Daß sie auf leuchtenden Zinnen stehen, über den schneeschimmernden Grat wandeln, an grauen, drohenden Abgründen hangen?

Über einem gebietenden Gipfel leuchtete mir die Erinnerung auf an den Tag, da ich, ein achtjähriger Bube, durch die blendend illuminierten Straßen meiner Heimatstadt geführt wurde und von allen Lippen das Wort klang: Der Friede ist geschlossen.

Jenen sanften Abhang herab kam die Erinnerung, wie ich, ein Jüngling, fast noch ein Knabe, durch abendlich-goldene Felder ging, des Francis Bacon scharfes »Organon« in der Tasche, die Leiden des jungen Werther aber im Herzen und im Kopfe.

Über jenen Sattel aber mußte im nächsten Augenblick Hand in Hand der liebliche Reigen jener Stunden heraufkommen, da ich mit Ortrun am Strande saß und sie mir ihre Blumen ins Gesicht warf, weil sie zu schüchtern war, sie mir in die Hand zu geben.

So taust du allmählich wieder auf von Erstarrung und Tod und liesest in dem Gezack der Höhen und Abgründe die Linien eines Menschenlebens: Du hebst endlich wieder den Stab zu neuem Wandern, und mit dir wandern droben auf den Bergen die wilden, grauen Stunden deiner Kämpfe und alle sanften Tage deiner Liebe. –

Und kann es euch wundern, daß ich Pfingsten auch an Cenzi denken mußte, an Cenzi von Mayrhofen im Zillerthal, deren Licht uns gastlich entgegenleuchtete, als wir drei Wandergesellen abends nach zweistündigem Marsch im Regen nach diesem Dorfe gelangten, weich bis ins Gemüt? An Cenzi, das Mädchen mit der revolutionären Orthographie und dem reichen Gemüt, das uns mit einer durchaus flüssigen Suppe und einem sehr reservierten Kalbsbraten erquickte und auf unseren einstimmigen Liebesschwur erklärte, daß sie unsere Gefühle erwidere, alles für einen Gulden siebzig? Freilich kann ich noch heute den nagenden Zweifel nicht los werden, ob Cenzi unsere Gulden nicht *noch* inniger liebte als uns: denn wenn wir noch dabei waren, das Letzte aus der Flasche ins Glas zu gießen, so fragte sie schon mit Leidenschaft: »Mögen S' noch ane?« und wenn wir dann mit Gefühl erwiderten: »Ja, bringen S' noch eine Viertel,« dann sprach sie: »Mögen S' net a Halbe?« Eine so naive, quellfrische Guldensehnsucht findet man nur noch bei den unverfälschten Kindern des Gebirges.

Oder nimmt es euch wunder, daß ich an Monika dachte, an Monika vom Mahlknechtsjoch, die in jeder Beziehung runde Monika mit den runden Augen, die über alles lachte? Wenn man sagte: »Monika, bestellen Sie mir eine Droschke!« so lachte Monika: das Merkwürdige aber war, wenn man sagte: »Monika, bringen Sie mir einen Kaiserschmarren,« so lachte sie auch. Am meisten aber lachte sie, als einer von uns den Lehrsatz ausstellte: »'n *bißchen* dumm ist *jeder*.« Die Sache ist ja auch komisch. Und dann brachte sie einen niemals ganz zu bewältigenden Kaiserschmarren und eine Erbsensuppe, die so unendlich war, wie ihre Fröhlichkeit, und alles stellte sie uns hin mit so mütterlicher Freundlichkeit, als wären wir ihre drei jüngsten Buben, die sie einmal gründlich durchfüttern müsse.

Oder daß ich an Mali dachte in der Dominikushütten, die mordssaubere, blitzäugige Mali, die so freundlich und so betulich war und dann zu dem Buben auf dem Hof, als sie nicht wußte, daß jemand auf dem Altane stand und sie hörte, die eindringlichen und hochtonigen Worte sprach: »Willst glei die Ziegen in Ruh lass'n, du sakrischer Lauskerl, malefizkischer!« Sie sprach das in einer Weise, die den Gedanken an eine eheliche Verbindung in das Innerste der Brust selbst eines geübten Ritter St. Georg zurückgescheucht hätte. Oder an den Aufstieg zum Pfitscher Joch, am Stampflerferner vorbei und an den kleinen dunklen Seen, die wie schwarze Augen regungslos in den Himmel starren? Oder an den Abstieg in das menschenarme, melancholische Pfitschthal, wo ich, als wir nahe vor St. Jakob angekommen waren, immer wieder zurückschauen mußte nach einer Kirche, über der ein himmlisches Licht entzündet war? Ihr müßt dem Wort »himmlisch« erst alle die Bedeutungen ausziehen, die unsere kleinen Mädchen ihm aufhängen, wenn sie von »himmlischen« Tüllgardinen oder von »himmlischen« Zeichenlehrern sprechen. Nehmt einmal bitte das Wort »himmlisch« in seiner reinsten Ursprünglichkeit und denkt euch ein allerreinstes Licht! Über dem Kirchlein lag ein Gletscher im hellsten Mittagssonnenschein, und der Turm wies mitten in den Glanz. Es war ein allein seligmachendes Kirchlein; wer hindurchging, der mußte unmittelbar ins ewige Licht gelangen, und selbst der schwärzeste Bösewicht, wenn er in den Bannkreis dieses Leuchtens trat, mußte sogleich erstrahlen wie der weißeste Engel.

Ach leider ist dieses himmlische Licht ein Trug; in den Köpfen der Menschen fanden wir nichts davon. Welch ein psychologisches Raffinement, welche Kunst der Mitteilung gehörte dazu, um wieder auf den richtigen Pfad zu gelangen, den wir im strömenden Regen verloren hatten, und endlich einen Wagen zu bekommen, der uns in diesem Regen nach Sterzing brachte. Die Fahrt dauerte drei Stunden, von denen wir nach ungefährer Schätzung eine auf unseren Sitzen und nur zwei in der Luft verbrachten. Wir waren vorurteilslos genug, über jeden Stoß zu lachen, wenn unser Lachen nur nicht regelmäßig durch den nächsten Stoß abgebrochen worden wäre. Gleichwohl war unsere Stimmung die ausgelassenste Heiterkeit, wenn wir auch dazwischen mitunter den stillen Gedanken hatten, daß unser Wägelchen im nächsten Augenblick in tausend Splitter zerschmettert werden oder mit Insassen und Pferden in den Abgrund hinunterkollern würde, wo der durch den langen Regen übermäßig geschwellte Pfitschbach mit Donnern und Brausen abwärtsstürzte. Der Kutscher stieß ein »Jesus Maria!« über das andere aus. Es war eine jener Situationen, die man, wenn man einmal darin ist, mit lächelndem »Mannesmut« hinnimmt, deren Wiederholung man aber künftig nach Möglichkeit zu vermeiden im stillen beschließt. Der niedlichste von allen Humoren war aber, daß wir schließlich noch auf eine lange Strecke aussteigen mußten und nun zu Vieren den an allen Rädern gebremsten Wagen zurückhielten, damit er den Pferden nicht auf die Hacken falle und hübsch auf dem Weg bleibe. Es war noch ein wahres Glück, daß wenigstens der Regen anhielt. Wir hatten für solche Perioden der Trübsal einen Fundamentalsatz der Berliner Philosophie, den wir uns dann gegenseitig ins Herz prägten; er hieß: »Det is *jrade* wat Scheenes.« Solche Sätze sind viel wert. Es ist damit wie mit den Salmiak-Pastillen; eigentlich sind sie scheußlich; aber man hat wenigstens etwas in den Mund zu nehmen und in langen Stunden eine Unterhaltung.

Und schließlich kamen wir doch nach Sterzing in ein hübsches, blitzeblankes Hotel, und wer mir jetzt noch *ein Wort* auf die Kultur schimpft, der hat's mit mir zu thun.

Für die Natur braucht man nicht einzutreten, die verteidigt sich selbst.

Die redet aller Sprachen Sprache, die aller Menschen Muttersprache ist. Ihre Sprache klingt in Bergen und Thälern, aus Wäldern und Strömen. Und was mir das Gebirge Unaussprechliches vertraut hat: in wenigen Wochen geh' ich und sag' es mit stummen Lippen seiner geheimnisvollen Schwester, dem Meer, dem tausendstimmigen und millionenäugigen, dem herrlichen, dem – o, dem – dem –

Kusch!!!

Von den Frauen.

Ich habe eine Enquete über die geistigen Fähigkeiten der Frau vorgenommen.

Zuerst ging ich zu einem Mann mit einer Schreibmaschine. Mit dieser ließ er oft Diktate anfertigen.

»Zu dieser Arbeit verwende ich nur Damen,« sagte er.

»Weil sie billiger sind als Männer,« sagte ich.

»Nein, weil sie zuverlässiger arbeiten. Was ich sage, das schreiben sie. Ich hab' es oft versucht, ihnen baren Unsinn zu diktieren: es gelang; sie schrieben ihn nach. Ich will nicht sagen, daß sie niemals den Unsinn *merkten*; aber sie hielten sich an ihr Amt und nicht an ihre Meinung; sie schrieben. Männer kann ich nicht brauchen; die denken beim Schreiben sogar an fremde Dinge.«

Ich bemerkte, daß das doch wohl nur mit Ausnahmen gelte.

»Na, selbstverständlich!« rief der Mann mit der Schreibmaschine, »was ich Ihnen sagte, ist aber die Regel.«

Ein anderer Mann hatte eine Schule, an welcher weibliche und männliche Lehrkräfte thätig waren.

»Etwas Neues,« sagte er, »muß man ihnen vormachen bis ins einzelne, und hat man es ihnen vorgemacht, dann nehmen sie nicht die Idee auf, sondern sie ahmen die Ausführung nach mit allen Zufälligkeiten. Auch wissen sie nicht die Grenze zu finden, welche das Wesentliche vom Unwesentlichen scheidet, oder vielmehr, sie wagen nicht, diese Grenze irgendwo selbst zu errichten; es fehlt ihnen die Initiative. Sie finden nicht das Maß, die Vernunft, die in den Dingen ist. Sage ich: ›Behandeln Sie den 30jährigen Krieg ausführlicher,‹ dann berichten sie von jeder Truppenbewegung, die sie irgendwo verzeichnet finden; bitte ich um etwas gedrängtere Behandlung, dann werden sie mit dem ganzen Krieg in einer halben Stunde fertig. Was solch eine Sache wie der 30jährige Krieg – ob kurz oder lang behandelt – unter allen Umständen an Hochachtung verlangt: das finden sie nicht.«

Bei meiner starken Sympathie für das weibliche Geschlecht plädierte ich auch hier für Ausnahmen, die mir auch bereitwillig zugestanden wurden. Und dann – schließlich sind das Urteile von *Männern!*

Ich kenne eine Reihe hochintelligenter, höchst selbständiger Frauengeister. Eine von diesen Frauen erzählte mir aus ihrer Pension.

»Historische Grammatik las uns ein Mann vor, der eigentlich Theologe war und vom Deutschen keine Ahnung hatte. Er las im schrecklichsten Sinne vor, immer aus demselben braun gebundenen Buch. Meine Kameradinnen schrieben aber jedes Wort nach, bis sie den Krampf in die Finger bekamen. Sie waren in allen geistigen Dingen so feige, so feige!«

»Und was thaten Sie?«

»Ja,« rief sie lachend, »bei mir war er schlimm daran. Ich war damals ein boshafter und trotziger kleiner Backfisch. Ich reproduzierte alles mit Worten, wie sie mir gerade kamen, und er machte dann immer ein Gesicht, als wenn er sagen wollte. Es scheint ja alles richtig zu sein; aber es wäre mir doch viel lieber, du schwürest wie deine Genossinnen auf mein Buch und seine Worte und setztest mich nicht so oft durch naseweise Fragen in Verlegenheit. Der Arme. Jetzt thut er mir so leid! Haben Sie eine Vorstellung davon, was es heißt, einen widerhaarigen Backfisch zu behandeln? Ich stell' es mir unendlich viel angenehmer vor, 70 wilde Katzen zu dressieren.«

Ich bemerke hierzu ausdrücklich, daß dies eine sehr liebenswürdige, sehr weibliche Dame war und einen sehr sympathischen Eindruck zu machen pflegte – o ja, bitte: wenigstens auf uns Männer. Sie war Anhängerin der Frauenbewegung.

Mit einer anderen Dame von seltenen Gaben des Geistes und des Gemüts sprach ich über ihre Dienstboten.

»Ich habe nur wenige Dienstmädchen gehabt,« sagte sie, »denn es waren fast durchweg brave, liebe Mädchen, und sie blieben lange bei mir. (Der freundliche Leser sieht schon hieran, daß er es mit einer seltenen Dame zu thun hat.) Aber mit der Selbstständigkeit ist es fast immer schlecht bestellt. Die jetzige hab' ich fünf Jahre; sie thut alles vortrefflich und willig, was ich ihr sage, aber nur, was ich ihr sage. Sie ist sogar ein entschieden intelligentes Mädchen; aber wenn ich ihr sage, daß ich die Kinder baden will, dann muß ich ihr ausdrücklich auftragen, den Badeofen zu heizen, sonst thut sie's nicht. Wenn ich einmal ihre gewohnte Ordnung ändere, so weint sie heimlich; sie hat dann ein Angstgefühl, als ob der Weltuntergang, das Chaos hereinzubrechen drohe.«

»Und haben Sie dieselbe Beobachtung an anderen gemacht?«

»O ja. Eine andere hatte die Gewohnheit, nach beendigter Zimmerreinigung das Wischtuch mitten aufs Klavier zu legen, ›weit sichtbar jedem Auge‹. Sie hatte bei einer rechten Kleinbürgerin gedient, die das verlangt hatte, damit sie jeden Augenblick selbst mit dem Zeichen ihrer Würde über die Möbel fahren könne. Ach, wenn ich der Kämpfe gegen dieses Wischtuch gedenke! Einem Mädchen etwas angewöhnen, dauert ein Jahr, ihm etwas abgewöhnen, dauert zwei.«

Und so wie diese, teurer Leser, kenne ich noch mehrere Frauen von durchaus entschlossener und selbständiger Intelligenz. Eine liebe, schöne kluge Frau z. B., die durch die Folgen einer Niederkunft auf ein langwieriges Krankenlager gezwungen worden war, empfing mich nach ihrer Genesung und plauderte in ihrer gewohnten, temperamentvollen Güte. Wir sprachen auch von den Wärterinnen, die sie gepflegt hatten.

»Ich hatte die best empfohlenen Wärterinnen. Aber merkwürdig – darin waren sie alle gleich: sie ließen mich lieber zwei Stunden auf die Erneuerung eines Eisbeutels warten, als daß sie ein gleichgültiges Bettkissen einen Tag später als üblich frisch überzogen hätten. Dabei waren es in ihrer Art gewissenhafte, fleißige Frauen. Sie konnten nur nicht begreifen, daß ein Schwerkranker etwas Wichtigeres sei als ihr kleiner, bornierter Ordnungssinn. Das sind auch die Frauen, die zwei Stunden Zeit und zwanzig Pfennige von den Schuhen ablaufen, um fünf Pfennige zu ›sparen‹, und die immer vom Billigsten kaufen, in der Meinung, sie wären gute Wirtschafterinnen. Ich kann Ihnen sagen: ich hasse diese Weiber!«

Ich war entzückt darüber, wie sie die schmalen, nach der Krankheit noch ganz besonders weißen Händchen zu Fäusten ballte. Ich kann mir nicht helfen: bei den Frauen bin ich sehr für schmale, weiße Hände. Es sollte mir leid thun, wenn sie sich mit der Zeit zu »Mordspratzen« emanzipierten.

Wieder eine andere, von mir besonders hochverehrte Dame, Namens George Eliot, läßt ihren Weiberfeind von prächtigstem Gemüte, den Schulmeister Barthel Massey, die ewig denkwürdigen Worte sprechen: »Ich sage dir, es giebt nichts unter der Sonne – nichts wirklich Nötiges, was ein Mann nicht besser machen kann als 'ne Frau ... Eine Frau kann ihr ganzes Leben lang jede Woche die Pastete backen und sieht doch nie ein, daß es umso rascher geht, je heißer der Ofen ist. Ich sage dir, eine Frau macht dir deine Suppe jeden Tag zwanzig Jahre lang und denkt nie daran, das Verhältnis zwischen Mehl und Milch abzumessen: ein bißchen mehr oder weniger, denkt sie, macht keinen Unterschied, und wenn die Suppe denn mal schlecht wird, wie das oft genug vorkommt, dann liegt's am Mehl, oder es liegt an der Milch, oder es liegt am Wasser.«

Und da muß ich nun auch sagen – so leid es mir thut – ich habe selten einen Menschen so eifrig nach Ausreden haschen hören wie gewisse Frauen, wenn sie die Suppe versalzen hatten. Ehe sie zugaben, daß sie auch nur ein Körnchen Salz zuviel erwischt hätten, gaben sie lieber dem Wetter oder der auswärtigen Politik oder ihrem Manne die Schuld. Wenn sie ihm heute etwa eine wohlgesättigte Salzlösung als Suppe vorstellten und er einen leisen Tadel hören ließ, so ließen sie am nächsten Tage, willig und folgsam wie immer, ganz das Salz weg, und wenn ihm auch das nicht gefiel, sagten sie: »Du weißt aber doch wirklich nicht, was du willst: dann ist dir die Suppe zu salzig und dann wieder ist sie dir zu nüchtern.«

Wenn ich dazu bedenke, daß Nietzsche und Strindberg, auf deren Urteil ich freilich nicht halb so viel gebe wie auf das der eben citierten großen Frau aus England, zu ähnlichen Resultaten gekommen sind, z. B. zu dem, daß die Männer, wenn sie's einmal können, besser kochen als die Frauen; wenn ich ferner bedenke, daß ich vorurteilslose Frauen habe sagen hören, keine Frau nähe so gut wie ein Schneider, und ihre Schneiderinnen könnten in der Regel weder messen noch aufmerken: kaum ein einziges Kleid würde von ihnen abgeliefert, an dem nicht irgend etwas verschnitten wäre &c. c&., so werde ich, fürchte ich, trotz meiner energischen Parteinahme für die Frauen, doch zu einem ähnlichen Facit hingedrängt, wie es jene indische Fabel ergiebt, in welcher die Harmlosigkeit der Tiger erwiesen werden soll und die mit den Worten schließt: »Gleichwohl ist das Gerücht, daß die Tiger Menschen fräßen, schwer zu widerlegen.«

Natürlich giebt es unter den Frauen zahlreiche rühmliche Ausnahmen, und das schon allein unterscheidet sie von den Tigern. Eine Frau, die diese Plauderei zu Ende liest, ist z. B. eine Ausnahme.

Ich hörte einmal eine Frauenrechtlerin einen Vortrag halten, der ein recht ärmlicher, kleiner Vortrag war, der indessen die Behauptung aufstellte: was die Männer könnten, das könnten die Frauen auch, wenn man ihnen nur die nötige Freiheit gewährte und ihre Leistungen unbefangen beurteilte. Neben mir saß ein überaus gescheites, sanftes junges Mädchen, das den ganzen Schopenhauer gelesen und verstanden hatte. Sie schüttelte zu der Behauptung der Rednerin den Kopf und sagte: »Das ist Unsinn.«

Und das war es. Die Frauenrechtlerinnen dieser Art erfassen nicht einmal den Gedanken ihrer eigenen Emanzipation auf eine originelle Weise. Sie sind selbst da unproduktiv, sie müssen auch da nachahmen, sie wollen sich zu Männern machen, anstatt sich zu Weibern zu emanzipieren. Anstatt die Idee des Weibes zu suchen und zu gestalten, wollen sie in sich den Mann nachpfuschen. Sie verkennen so ganz das Material!

Das mit der »Freiheit der Entwickelung« ist, so angewandt, ja Unsinn. Die Freiheit, originale Geister, ja Genies zu produzieren, ist dem weiblichen Geschlechte nicht vorenthalten gewesen.

Ich will gleich recht deutlich werden. Sie werden mir vielleicht entgegenhalten, meine Damen, es habe Dichterinnen gegeben, die es mit den größten Dichtern aufnehmen könnten. Das wird Ihnen so leicht keiner abnehmen; aber Sie werden sagen, da stehe eben das dünkelhafte Vorurteil des »starken Geschlechts« im Wege: es sei noch nie die Leistung einer Frau unbefangen beurteilt worden. Ich bin verwegen genug, einmal vorauszusetzen, daß Sie recht hätten.

Aber Musik! Musik, meine Damen! Sie machen oft genug *Musik*; aber haben Sie auch einmal Musik *gemacht*? So oft man Ihnen jenes übelgenommen hat, so wenig würde man Ihnen dieses verargen. Aber seltsam: Sie haben keine Komponistin aufzuweisen, so viel Sie sich mit Musik befassen. Daß es je eine bedeutende Tondichterin gegeben habe: dieses Eine werden Sie nicht behaupten, meine Damen! Wenn die Musik, wie ein Philosoph gemeint hat, der unmittelbarste Ausdruck des Willens ist, so hätten wir hier also die überraschende Erscheinung, daß die Frauen ihren Willen nicht auszudrücken wissen. – Wenn sich Dichterinnen die begeisterte Anerkennung der Männer erringen konnten – warum keine einzige Komponistin?

Bei Gott: ich schätze Sie um dieses Mangels willen nicht weniger, meine Damen, selbst wenn Sie schnippisch erklären sollten, daß Ihnen an meiner Hochachtung unendlich viel gelegen sei.

Ich will von Wissenschaften nicht sprechen, meine Damen; Sie könnten mit Recht einwenden, der Weg zu diesen sei Ihnen nicht freigegeben worden.

Ich will auch von der bildenden Kunst nicht sprechen, obwohl hier eigentlich kein äußeres Hindernis vorlag und es doch, beim Zeus, keinen weiblichen Michel Angelo, Rembrandt oder Dürer gegeben hat.

In der Dichtkunst steht es wesentlich besser. Es hat große Dichterinnen gegeben, wenige, sehr wenige. So wie die George Eliot höchstens noch eine: die George Sand, und allerhöchstens noch eine: die Ebner-Eschenbach, die aus ihren Erzählungen hervorblickt als eine jener scharfsichtigen und guten Frauen, die alles Menschliche verstehen und dann gewöhnlich milder und großherziger sind als die gleich klugen Männer. Bei diesen Frauen bleibt nichts zu erinnern. Wenn auch das Höchste der männlichen Dichtung nicht erreicht ist, so darf man doch sagen: auch der größte Poet brauchte sich solcher Leistungen nicht zu schämen.

Aber das sind *drei!* Da darf man schon von Ausnahmen, von Launen der Natur sprechen.

Und wenn die Frauen diese Spärlichkeit der produktiven Individuen auf die äußeren Hindernisse zurückführen, die sie als Frauen zu überwinden hätten, so mißverstehen sie den eigentlichen Kampf des Genies. Diese äußeren Hindernisse sind bei zahlreichen großen Männern dieselben gewesen. Auch ihnen hat man nicht Geld, Bildung, Freiheit der Bewegung, körperliche Stärke auf gestickten Kissen entgegengetragen. Und alle äußeren Hindernisse zusammen

– so gewiß sie manchen Genius vernichtet haben – machen noch keineswegs den Erzfeind des Genies aus.

Der Kampf gegen den Unverstand der Rückständigen – zwanzig, dreißig, vierzig Jahre, ja ein ganzes Leben lang die Schmach ertragen, »die Unwert schweigendem Verdienst erweist« (»schweigend« auch insofern, als das Große den Unverständigen schweigt), sich fassen in dem Gedanken: »Sie wissen nicht, was sie thun«, und in all dem Elend kleinster Umgebungen nicht selber klein werden: das ist der eigentliche Kampf des Genies, und der, meine Damen, bleibt auch dem Manne nicht erspart. Während der ersten zwanzig Jahre seines Ringens werden auch dem genialen Manne nur selten Teppiche unter die Füße gebreitet.

Also warum nicht ebenso gut weibliche Shakespeare wie männliche? Warum nicht ebenso gut weibliche Lionardos wie männliche? Wenn Sie nun gleichwohl behaupten, meine Damen, es habe dennoch weibliche Homere und weibliche Dürer und Holbeine gegeben, wenn Sie das behaupten – aber Sie behaupten es nicht. Weibliche Knackfüße – ja, massenhaft, aber Holbeine – nein.

Und vor allen Dingen: warum nicht der leiseste Ansatz zu einem weiblichen Beethoven, Mozart, Händel, Gluck &c. – ein ganzes Dutzend steht noch auf Wunsch zur Verfügung –? Warum weise ich so nachdrücklich auf dies absolute musikalische Manko hin? Weil ich Sie auf Grund dieses Mankos mit dem eisernen Griff der Logik – das ist ein Bild, meine Damen – zu dem Zugeständnis zwingen kann: » *Ja, es giebt tiefliegende Unterschiede in der Begabung der Geschlechter.*«

Und – unter uns – Sie dürfen es sich gesagt sein lassen: nicht umsonst sehen die Mediceische Venus und der Borghesische Fechter so merkwürdig verschieden aus.

Gewiß: die Natur liebt es durchaus, in mannigfachen Formen dieselbe Idee auszudrücken, ihren Zweck auf verschiedenen Wegen zu erreichen. Ob sie den Rand eines Blattes gezackt oder gesägt oder gezähnt sein läßt: das kommt wohl auf dasselbe hinaus. Und wenn sie dem einen Vogel einen schmäleren Bug, dem anderen längere Schwingen giebt: der Effekt ist ungefähr derselbe. Aber wenn sie ein Princip, wie das der Geschlechtigkeit, in der ganzen organischen Kreatur durchführt – dann meint sie etwas Gründliches damit, dann ist es ihr ernst damit. Und darum sollten die Frauenrechtlerinnen von dem trivialen Wahne lassen: »Wenn wir alles haben, was die Männer haben, dann sind wir frei« – und nicht nach dem Rechte des Mannes, sondern nach dem der Frau streben.

Vielleicht wenden die Frauen ein, sie seien nur infolge der vieltausendjährigen Unterdrückung und Unmündigkeit degeneriert; die Urältermutter des Menschengeschlechts sei ebenso begabt gewesen wie der resp. Vater. Aber welche Dame gibt uns über diese vorgeschichtlichen Dinge *authentische* Auskunft? Selbst wenn eine Dame das könnte – würde sie es thun? Geben wir aber einmal die Berechtigung dieses Einwandes zu, so bleibt doch bestehen, daß die Frauen mindestens *gegenwärtig* noch *nicht* das können, was die Männer vermögen, daß sie noch lange nicht regeneriert sein können. Verlangen sie Freiheit der Entwickelung, verlangen sie die Möglichkeit, sich in der Arbeit der Männer zu erproben – ich bin der letzte, der ihnen diese Freiheit vorenthalten möchte, der letzte, der ihnen nicht die größtmögliche Selbständigkeit und Unabhängigkeit gönnte. Daß die Entwickelung der weiblichen Natur eingeengt ist, gibt jeder billigdenkende Mann bereitwilligst zu. Es sind mancherlei Versuche gemacht worden, der Frau die Arbeit des Mannes zu übertragen; manche zeitigten Erfolg, viele ein vollkommenes Fiasko. Man versuche ruhig weiter, nur dürfen die Frauenrechtlerinnen *jetzt* noch nicht sagen, sie könnten dasselbe wie die Männer. So lange sie keinen Hamlet, keinen Don Juan, keine Keplerschen Gesetze vorweisen können als Legitimation, so lange sind jene Behauptungen – es thut mir leid, das sagen zu müssen – ridikül, also gewissermaßen lächerlich.

Ich weiß, daß einige Frauenrechtlerinnen einwenden, wir Männer könnten auch nicht alle einen Hamlet schreiben. Aber ich denke, solche Frauen, die bestreiten, was niemand behauptet hat, verweisen wir auf das fruchtbare Gebiet der ehelichen Diskurse.

Wie gern sähen einsichtige Männer den Intellekt der Frauen befreit! Wie gern sähen sie z. B. pseudodeutsche Frauengemütsbildung durch eine schöne, harmonische Kultur des Herzens *und Verstandes* ersetzt! Ich, z. B., bleibe so niederträchtig kalt vor den schönsten, poliertesten Lärvchen und kann mich so riesig verlieben in ein lichtes, transparentes Gesicht! Es braucht nicht einmal so schön zu sein, wenn ich auch keinen Wert auf Häßlichkeit lege. Mit einer nachdenkenden und fühlenden Frau zu streiten, ist ein hoher Genuß; entsetzlich ist es mit jenen zu streiten, die nicht denken, weil sie in der Täuschung leben, weibliches Gefühl zu besitzen. Das macht ja auch die Schwiegermütter so schrecklich – ich meine natürlich nur die schrecklichen – daß ihnen der objektivierende Verstand fehlt, daß sie sich so schwer *aus der Sphäre ihres Kindes herausversetzen*. An dem Gemüt der Schwiegermütter zweifelt kein Mensch. Aber daß der Intellekt einiger Schwiegermütter mangelhaft entwickelt ist, das behaupte ich unerschrocken, weil ich nie eine gehabt habe.

Ich glaube, nachdem die Frauenbewegung mancherlei berechtigte Erfolge und Mißerfolge erzielt haben wird, wird es verhältnismäßig bald klar werden, daß sogar die weibliche Natur sich vor der Heugabel nicht fürchtet und immer wieder zurückkehrt.

Ich glaube, es wird dann klar werden (vielen wenigstens), daß die Aufgabe des Mannes die Produktivität, die des Weibes die Rezeptivität ist. Nicht nur der Hamletschreiber, sondern auch der Steinklopfer ist produktiver als die Steinklopferin; er wird im allgemeinen eher eine rationelle Methode des Steinklopfens finden als sie.

Aber man kann auch rezeptiv genial sein, man kann auch in der Rezeption die höchsten Aufgaben der Menschheit erfüllen helfen. Im Haushalt der Welt ist das rezeptive und konservative Element der Frau genau so notwendig, wie das fortschreitend-produktive des Mannes. Ich kenne einen Komponisten, dessen liebstes und wertvollstes Publikum seine Frau ist. Nicht etwa, weil sie ihm unvermischten Weihrauch streute: sie sagt offen heraus, was ihr nicht gefällt. Aber er ist bei ihr des feinsten, tiefsten und erschöpfendsten Verständnisses sicher. Diese Frau ist durchaus nicht produktiv, und es fällt ihr gar nicht ein, produzieren zu wollen. Die Frauen sind geborene Apostel, und es gibt viele Beispiele, daß das Werk eines großen Mannes durch Frauen zuerst und am wirksamsten verbreitet wurde. Eine ganze Frau ist soviel Wert wie ein ganzer Mann, und eine Frau, die die Gattin eines großen Mannes sein *kann*, ist so groß wie dieser Mann; die Geschichte bewahrt ihr Andenken mit Recht durch Jahrhunderte, durch Jahrtausende neben dem seinigen. Der Ruhm und die Größe einer solchen Frau werden zwar ewig anderer Art sein als die des Mannes. Vor der Öffentlichkeit werden die Geber berühmter sein als die Empfänger; freilich, wie für alles in der Welt, so muß auch für diesen Vorteil der volle Preis in blanken, baren Leiden gezahlt werden. Und vor den Vornehmen und Gerechten wird es nicht unbekannt sein, daß der Empfänger ebenso gut, daß er besser sein kann als der Geber; vor ihnen werden die dankbaren, die *erkenntlichen Empfänger, Bewahrer* und *Verbreiter* so hoch in Achtung stehen wie die Geber. Die besten Männer protzen nicht vor den Frauen mit ihrer Männlichkeit; sie ehren in einem echten Weibe so gut den vollwertigen Menschen wie in einem echten Manne. Das allgemeine Zugeständnis *dieser* Gleichheit sollten die Frauen erstreben.

Die wenigen großen Junggesellen, die einer weiblichen Ergänzung nicht bedurften, beweisen nichts gegen die Regel; selbst ein Schopenhauer hat den Frauen den Triumph bereitet, daß er erklärte, *ohne* sie sei es auch nichts, das sei eben das Mißliche. Je besser und stärker ein Mann ist, je einsamer also ein Mann ist: desto mehr weiß er den Wert einer letzten Zuflucht zu schätzen, desto dankbarer ist er für ein paar Augen, aus denen ihm zuverlässig kein verborgener Haß, kein heuchlerisch versteckter Neid, keine plötzlich aufglimmende feindselige Fremdheit entgegenglüht.

Ich wollte eigentlich noch von der Schriftstellerei der Frauen reden. Ein andres Mal –. Wer könnte mir verargen, daß ich zu lange bei den Frauen selbst verweilte? Zumal bei den Frauen, von denen ich zuletzt sprach? Solche Frauen brauchen wir, meine Damen. Männer brauchen wir nicht. Männer sind wir selbst. Wenigstens einige von uns.

Wenn Kinder spielen.

»Ich glaube nicht, daß es etwas auf der Welt gibt, was mehr verdient, geliebt zu werden, als die Kinder.«

Minchen Herzlieb.

»O komm! Du hast uns lang nicht mehr gesehn.
Den einen Tag nur schenke dich den Deinen!«

So ungefähr klingen die lockenden Worte, die sie mir dann zuzuraunen pflegt, sie, die Mutter meiner Kinder. »Hör einmal auf mit dem Arbeiten!« bittet sie. »Du mußt ja ganz dumm werden von all dem Lesen –«

»Du ahnungsvoller Engel du!«

»Du hörst und siehst nichts mehr. Wenn man dich fragt, was du vom Wetter hältst, ziehst du die Uhr, starrst sie drei Minuten lang an und schreist dann: ›Im vierten Akt!‹ Komm, du mußt dich erholen; deine Rangen sollen dir den Kopf zurecht setzen – –«

Und sie zieht mich sanft nach der Kinderstube hin, die ich meine »Schatzkammer« nenne, auch wohl »das Gefilde der Seligen« oder »die kleine Raubtiergalerie«.

Und dann erinnere ich mich, daß ja auch Heinrich IV. von Frankreich seine Kinder auf seinem Rücken reiten ließ, daß dasselbe, wenn ich nicht irre, schon von Agesilaos und noch von Alexander III. von Rußland erzählt wird. Es wird eine von den Geschichten sein, die in allen Dynastieen wiederkehren. Warum nicht auch in der meinen?

Freilich: die Förderung der Weltliteratur, die Befreiung und Veredelung der Menschheit, die Einrenkung des laufenden Jahrhunderts und die würdige Vorbereitung des kommenden werden nun um einen Nachmittag hinausgeschoben werden. Mögen sie. Ich bitt' Sie, verehrteste Kultur, ich will doch *auch* leben! Sollen andere auch mal was für Sie thun!

Also: lassen wir uns herab!

Das hab ich aber gar nicht nötig; denn ich liege schon. Bei der Nachricht, daß ich mitspielen wolle, sind alle vier (zusammen circa zweihundert Pfund) über mich hergefallen und haben mich unter einem furchtbaren Apachengeheul zu Boden gerissen, und wenn mich mein Gefühl nicht täuscht, so wünscht das Jüngste mich ohne Messer zu skalpieren.

»Rrrrruhe!!! – Heiliges Donnerwetter! Ich merke schon die Erholung! Also: zunächst erstattet mal die gute Mutter Bericht, damit man erfährt, was ihr Taugenichtse denn eigentlich wert seid. Gertrud Regina trete vooor – Siiie – tree–te vor!«

»Sie hat heute im Singen und Deklamieren eine Eins bekommen. Aber in ihrer grammatischen Arbeit hat sie schon wieder sieben Fehler gemacht.«

»Sieben Fehler! Allmächtiger – na, kann mal ihr Glück auf der Bühne machen. Nun – und in puncto ›Charakters‹?«

»Sie ist jetzt viel freundlicher gegen ihre Geschwister.«

»Trudel! Das ist ja – das ist ja eine Mordsfreude! Also komm: dafür tanzen wir dreimal herum!«

Sie schämt sich und versteckt das Köpfchen, ist aber riesig glücklich. Die ringt nämlich noch sozusagen um ihre moralische »Weltanschauung«, d. h. sie schwankt, ob es geratener ist, freundlich und kameradschaftlich gegen die Mitlebenden zu sein, oder verschlossen und patzig. Sie ist acht Wochen lang reizend und grundgütig und dann wieder acht Wochen lang ein abstoßender Racker. Es gibt in der Kindesseele Zeiten des Schwankens, des Tastens im Dunkeln; es gibt ernste, verhängnisvolle Augenblicke, da sie am Scheidewege stehen und niemand es ahnt. Merkt man so etwas, so muß man den jungen Herrschaften Avancen machen. Ich verabschiede mich von meiner Tänzerin mit tiefer Verbeugung. Sie fliegt mir an den Hals und ich fühle einen heftigen Kuß auf der Wange. Sie hat so etwas von einem Berberroß; bei der geringsten Erregung bebt das ganze Körperchen und ihre Nasenflügel zittern.

»Numero zwei: Ludwig Erasmus!«

»Er ist heute im Rechnen der Erste geworden –«

»O Sohn, du verleugnest deine Abstammung.«

»– und hat von allen Schülern seiner ganzen Schule den meisten und besten Straßenschmutz mit nach Hause gebracht.«

»Das läßt auf einen geraden Sinn schließen. Aus unbegreiflicher Langmut und Güte noch einmal verziehen. Im Wiederholungsfalle Stubenarrest – mit Unterbrechungen.«

»Er hat aber auch herausgebracht, daß die Kühe hinten auf der Weide beim Kauen den Unterkiefer immer seitwärts bewegen.«

»Aha.« – Der Kerl ist nämlich ein Scharfseher, er erlugt alles. Seine Leidenschaft: Tiere; Specialität: Rinder. Als ich vor einiger Zeit beim ersten Tagesgrauen lautlos ins Schlafzimmer der Kinder trete, seh ich zu meinem Schreck, daß das eine Rouleau unten einen Hemdzipfel und zwei nackte Beine hat. Ich schleiche näher, hebe mit angespanntester Vorsicht das Rouleau und sehe, daß der zu den Beinen gehörende Kopf auf zwei Fäustchen gestützt, andachtsvoll nach den Kühen auf der Wiese schaut. Ich hätte ja eigentlich etwas von »Erkältung«, »dummen Streichen« und »Schnupfen« hinauswettern sollen; aber ich war so lustig und so fromm gestimmt zugleich, daß bei diesem Zwiegefühl kein Wort herauskam. Es fiel mir sogar schwer, seine Andacht zu stören. Solch ein durstiges Kinderauge schaut noch mit Andacht. Habt ihr einmal den Wechsel von Staunen – und Begreifen – Staunen – und Begreifen – in solch einem Kinderauge gesehen? Er hat ein paar stille, braune Augen, dieser Bengel, in denen ein unablässiges Trinken ist, ein unaufhörliches Hell und Dunkel, Auf und Zu, ein fortwährendes Saugen und Atmen der Seele. Nur selten bricht das Staunen oder das frohe Verstehen durch seine Lippen; fast alles macht er mit sich selber ab: ein leises Aufblitzen: »ach so – ich weiß schon.« Als wenn man auf einen spiegelstillen See blickt, über dem die Wolken wandern, den jetzt eine leichte Wolke verdunkelt und der jetzt wieder im gewohnten Glanze strahlt.

Geh fleißig um mit deinen Kindern. Selbst in ihrem Lernen und Begreifen ist Unschuld. O wäre so viel Redlichkeit in unserem Wissen!

»Also: du weißt, wie die Rinder kauen. Was willst du eigentlich später mal werden; wenn du groß bist, mein ich.«

»Dann – dann werd' ich vielleicht ›Laternenanzünder‹.«

»So so.« Das Anzünden der Straßenlaternen hat ihm offenbar Spaß gemacht. Man schiebt einen langen Stock in die Laterne hinein und mit einem Male – puff – da flammt es auf. Natürlich ist ihm auch der künftige Beruf ein Spiel, ein Genuß; Konditor und Obsthändler sind ihm bevorzugte Berufsarten. Welch ein armseliger Mann ist der Zar von Rußland gegen einen Krämer, der immer nur hineinzugreifen braucht in den strotzend gefüllten Bonbonhafen! Ich hatte als kleiner Bursche eine Zeit, da mir nichts so gut gefiel wie der goldglänzende, helltönende Schalltrichter der Trompete, und der Beruf eines Straßenmusikanten stand mir als unverrückbares Ziel vor der Seele. »Numero drei. Irene Sophie, mit dem Beinamen ›die Gemütsruhige‹!«

Die war das reinste Phlegma. Sechs Jahre lang schlief sie. Sie spielte lautlos vor sich hin und machte dazu ihr weiches, dusseliges Schlummerfrätzchen. Oder sie saß zusammengesunken da, die Hände im Schoß, und starrte mit leeren Augen ins Leere. Wenn die Mutter ein Märchen erzählte, wenn der Wolf gleich aus dem Bett springen wollte, um das Rotkäppchen zu verschlingen, wenn die Spannung auf Numero neunundneunzig stand – dann sagte sie mitten in einen Satz hinein mit ihrer langsamen Traumstimme: »Mut-ter, krieg'n wir heu-te Schoko-laa–deee??«

Wir ließen sie schlafen. Und eines Tages erwachte sie und begann in kühnsten Sprüngen vorwärtszustürmen. Ihr Lernen ist ein ununterbrochener Siegeslauf, ein Werk voll Jubel und Lachen. Die Arbeit ist ihr ein Tanz.

Sie gehört zu den Nestflüchtern, deren Geist nicht löffelweise aufgepäppelt zu werden braucht, sondern die gleich davonlaufen und selbst ihre Nahrung suchen und finden, wenn sie die Eierschale, wenn sie den geheimnisvollen, traumbefangenen Schlaf der ersten Kindheit abgestreift haben.

Pflückt und zerrt nicht mit den dummen Fingern an den kleinen Knospen herum, als könntet ihr nicht erwarten, daß sie sich öffnen! O ihr, die ihr die Ruhe des Keimes nicht ehrt! Nicht, was einer kann, fragt ihr, sondern was er schon kann! O ihr – ihr – ihr Lieben! Wißt ihr nicht einen parlamentarischen Ausdruck für euch?

Haltet den Kleinen hin und wieder ein paar Körner in offener Hand hin. Wenn sie erwacht sind, fangen sie von selbst an zu essen.

»Und nun – Numero vier? Hertha Gunilde, genannt Tramplagonde? Wie viele Beulen am Kopf und wieviel zerschmissenes Spielzeug heute?«

Das ist die, die eines Tages, als ihre Mutter erklärt hatte, heute sei sie einmal artig gewesen, und als sie am folgenden Mittag auf ihre Frage dasselbe Lob hörte, am Abend mit ungeduldigem Befremden fragte: »Bin ich noch immer artig?« und die dann, als meine Frau wieder bejahen mußte, mit ernstem Gesicht die denkwürdigen Worte rief: »Gott, das kann ich gar nicht *begreifen!*« Sie ist von stürmischer Streitbarkeit, von sausender Gutmütigkeit. Ihre Zärtlichkeit ruft blaue Flecke hervor.

»Was wollen wir denn spielen?« Diese Frage richte ich an *sie*. Denn sie, die Kleinste, ist der Regisseur unter den Vieren. Alles Geschehen gestaltet sich in ihrer Phantasie sofort dramatisch; sie verteilt die Rollen (sie selbst übernimmt natürlich die »Mütter«); sie erfindet den Dialog, sagt den anderen, was sie sagen sollen und antwortet dann. Auch ihre Puppe und andere tote Dinge läßt sie sprechen, in einem ganz dünnen, quäkenden Tone, und sie antwortet dann in einem sonoren, von reifer, mütterlicher Erfahrung und wohlwollender Nachsicht gesättigten Tone. Das Goethesche Wort, daß Kinder aus allem etwas zu machen wissen, bewahrheitet sie bis zur Tollkühnheit. Der Kinderstuhl wird zum Klavier; ein anderer Stuhl dagegen figuriert mit merkwürdiger Inkonseqnenz als Tramwagen; das Bauhölzchen wird zum Kuchen ernannt, den ich wohl oder übel nicht an den Mund, sondern in den Mund führen muß: diese Gesellschaft schenkt einem nichts. Wenn man sie gewähren läßt, muß man sich schließlich auf die Zinken einer Harke setzen und im charmanten Konversationstone versichern, daß das ein vortreffliches Sopha sei. In ihrer Phantasie wird das Unmögliche Ereignis; was sie zu sehen wünschen, das sehen sie. Sie sind noch ganze Götter, die aus nichts etwas schaffen können: so ihre Phantasie spricht, so geschiehet es; so sie gebietet, so stehet es da. Und weh dem, der lacht! Wenn man sie in ihrem arglosen Phantasiefluge stört, stürzen sie herab, beschämt, befangen, betrübt. Ich will's auch nicht wieder thun; für einen Dichter schickt sich das so gar nicht!

Und taut denn nicht bei diesem Lärm und Geplauder um mich her die gefrorene Musik meiner eigenen Jugendfreuden auf und fällt draußen in flimmernden, klingenden Tropfen vom Dach? Wenn ich Malvorlagen zum Geschenk erhielt, hab' ich nicht unterm Tannenbaum geträumt von ebenso herrlichen Bildern, die ich danach malen wollte, und war es nicht nachher ein ganz echter Schmerz, wenn die schlechten Farben, der dicke Pinsel und meine Unbeholfenheit nur ein gräßliches Gesudel zu stande brachten? Hab ich nicht in seligster Begeisterung das Ideal-Puppentheater geschaut, das mein Freund, der Tischlersohn, nach meinen Angaben zimmern sollte, hab' ich mich nicht gläubig monatelang hinhalten lassen, und fühlte ich nicht so etwas wie ein »gebrochenes Herz«, als der Hasenfuß endlich erklärte, er habe noch gar nichts gemacht, weil er nicht dürfe? Und hab' ich nicht sechs Wochen lang jeden Samstag mit klopfendem Herzen auf das lebendige Pferd gewartet, das mein Onkel mir mitbringen wollte, und mich immer wieder hoffend bei seinen Erklärungen beruhigt, die Knochen seien noch nicht fertig, oder die Haut, oder der Schwanz fehle noch!? Die Sterbestunde dieser Illusion ist mir nicht mehr im Gedächtnis; sie ist wohl ganz sanft und unmerklich verschieden. Und dann ist es auch etwas lange her, daß mein Glaube so stark war . . .

Die Kleinen werden ungeduldig. Freilich: wenn man mit Kindern spielt, soll man nicht sprachlos vor sich hindämmern. Dafür haben sie das denkbar geringste Verständnis.

»Wir wollen ›Rotköpfchen‹ spielen,« hat Hertha entschieden. Sie sagt immer »Rotköpfchen«. Was sie sich wohl dabei denkt. Offenbar ist es ihr nur ein Name wie »Marie« oder »Anna«. Wenn man doch nur mal in solch einen kleinen Schädel hineinblicken könnte! Ich glaube, ein Ameisenhaufen ist etwas unendlich Regelmäßiges gegen dieses Gewirr. Und doch krabbelt sich da drinnen mit der Zeit alles von selbst zurecht. »Also Rotkäppchen!«

»Ja. Ich bin die Großmutter (die Rolle ist ihr auf'n Leib geschrieben!) und du bist der Wolf, und Irene ist Rotköpfchen, und Trudel ist die Mutter, und Ludwig ist der Jäger.«

Nach einem kurzen Rollenstreit ist alles in Ordnung und die Vorstellung kann beginnen. Ich nähere mich Rotkäppchen auf allen Vieren und verbinde mit einem sehr naturalistischen, fleischliebenden Organ jene heuchlerische Liebenswürdigkeit, die ein Wolf in dieser Situation zu entwickeln pflegt. Aber das Rotkäppchen wird ängstlich und läuft fort. Merkwürdig. Ich muß brillant spielen. Aber ich habe meinen Shakespeare nicht ohne Nutzen gelesen. Ich richte mich also auf und erkläre, daß ich gar kein wirklicher Wolf sei, sondern nur der zärtliche Vater Soundso, der keine Menschen zu fressen pflege. Das beruhigt. Allein, sobald ich wieder auf Händen und Füßen herantappe, schreit sie und flüchtet. Seltsam! Mir fällt ein, daß ich das schon früher beobachtet habe. Wenn wir auf allen Vieren gehen, müssen wir doch noch etwas verdammt Tierähnliches haben. Vielleicht ist es auch nur bei mir so.

Wenn sie noch recht klein sind, patschen sie dem größten Hund auf der Nase herum; er ist ihrer ahnungslosen Unwissenheit ein Spielkamerad, ein Spielzeug. Später erkennen sie das Tier als etwas Fremdes, das ihr lebhaftestes Interesse erweckt, aber dessen Annäherung sie fürchten. Und es dauert ziemlich lange, bis die fortschreitende Erkenntnis ihre Furcht überwindet und sie dem Tiere bewußt sich nähern.

Während des ganzen Spieles hält die Kleinste (die Großmutter) mit krampfhafter Zärtlichkeit ihre Puppe im Arm. Diese Puppe schläft mit einem Auge und wacht mit dem anderen; die Farbe ist von ihren Wangen abgeblättert; die Haare sind nach siebzehn Richtungen hin verwirrt. Wenn man sie zum erstenmal gesehen hat, kann man ein paar Stunden lang nicht wieder froh werden, und die Nacht darauf erscheint sie einem als Schreckbild im Traume. Das Mädel hat eine zweite, viel schönere Puppe; aber dieses Monstrum von konzentrierter Scheußlichkeit hat ihre ungeteilte Liebe. Dieses Völkchen hat überhaupt seine Idiosynkrasien. Bei Weihnachtsbescherungen bereiten sie einem die drolligsten Enttäuschungen. Prächtige Spielzeuge, deren Wirkung man sich vorher in den leuchtendsten Farben ausgemalt hat, beachten sie kaum, und in irgend eine kleine Sache, der man gar keinen Wert beigelegt hat, in ein Stück Papier, ein irdenes Näpfchen, verlieben sie sich und lassen es den ganzen Abend nicht mehr aus den Fingern. Ihre bescheidensten Wünsche sind oft die sehnlichsten – der Junge erflehte zur letzten Weihnacht vom Knecht Rupprecht nichts inbrünstiger als – »für zehn Pfennige Bindgarn«.

Solchen Neigungen stehen solche Abneigungen gegenüber. Ich weiß, daß ich als drei- bis vierjähriger Bube ein wirkliches Entsetzen vor einer Figur unseres Puppentheaters empfand: es war Bertha von Bruneck aus dem Verlag von Öhmigke & Riemschneider in Neu-Ruppin. Ich mochte noch so trotzig und ungeberdig sein – man zeigte mir Bertha – und ich ward stumm und gefügig. Die Aversion saß so tief, daß ich noch heutigen Tages etwas gegen das Mädchen habe, trotzdem es doch eine sehr brave Dame ist. Ästhetisches Feingefühl konnte nicht der Grund meiner Abneigung sein; denn der Wetter von Strahl aus derselben Fabrik war mir aller Schönheit und Herrlichkeit Inbegriff und erschien mir so überirdisch wie die drei Ritter dem Knaben Parcival.

Die Rotkäppchenvorstellung hat inzwischen ihr Ende erreicht, nachdem mein Sohn einige der Wirklichkeit sehr nahe kommende Angriffe auf des Wolfes, d. h. meine Magengegend unternommen hat. Ich habe dabei geradezu genial gezappelt; ich bin überzeugt, nur Ermete Zacconi zappelt noch so. Den Kindern hat es riesig gefallen, und ich muß mir da capo den Bauch aufschneiden lassen und dann nochmal und dann nochmal: »Vater (ich bin abwechselnd Wolf und Vater), Vater, noch einmal zappeln.« Und das wird mir jeder zugeben, der nur *einmal* mit Kindern gespielt hat: ich hätte ins zwanzigste Jahrhundert hineinzappeln müssen, wenn ich nicht schließlich durch ein gar nicht mißzuverstehendes, dreimal donnerndes »Nein!« ein Ende gemacht hätte.

Nun ersteht also die Frage nach einem neuen Spiel. »Schule?« »Krämer?« »Mutter und Kind?« Etwas Dramatisches muß es sein, etwas mit Rede und Gegenrede, mit Schlag und Gegenschlag: das sind die beliebtesten Spiele. »Krieg« ist z. B. ein »feines Spiel«! Der Junge rast in der Stube nebenan mit einem Knüppel gegen alles, was heil und poliert ist. Er ist »im Krieg«. Hertha nähert sich mir mit der Frage:

»Ach entschuldigen Sie, können Sie mir vielleicht sagen, wo der Krieg ist?«

»Jawohl. Nebenan bitte! – Haben Sie jemand im Krieg?«

»Ja, meinen Papa. Ich will ihm nur Bescheid sagen: er soll nach Hause kommen zum Essen.«

Und aktuell ist das Theater dieser kleinen Seelen. Sie haben das kürzeste Autorengedärm; sie bringen das neueste Küchenereignis schneller auf ihre freie Bühne, als die Vorstadtbühnendichter mit irgend einem Sensationsprozeß fertig werden. Man entscheidet sich für »Mutter und Kind«. Die Mutter: Fräulein Hertha; Amanda das Dienstmädchen (alle Dienstmädchen der Welt heißen für sie Amanda): Fräulein Trudel; der Milchmann: meine Wenigkeit u. s. w. u. s. w. Meine Frau macht darauf aufmerksam, daß noch kein Vater da ist. »Ach, einen Vater brauchen wir gar nicht, nicht Vater?«

»Nee! Sehr überflüssig.«

Ludwig soll der »Onkel Doktor« sein. Es soll nämlich das neueste Sensationsstück gespielt werden: »Babys Bronchialkatarrh«. (Ich sehe: ich komme doch nicht darum herum: es ist auch noch ein Baby da, ebenfalls ein hochbegabtes, sehr schönes Kind; dafür spricht unter anderem das Zeugnis seiner ältesten Schwester. Denn als sie kürzlich wieder einmal – nach Art der älteren Schwestern – ganz aufgelöst war vor Entzücken über das Kleine, rief sie die freudegeflügelten Worte: »Das hätt' ich nicht geglaubt, daß wir ein so süßes Baby kriegen würden. Das ist uns mal recht geglückt, nicht Mutter?« – Eine Mutter pflegt in solchem Falle nicht zu verneinen.) Dieses Baby wird im Schauspiel durch eine Puppe dargestellt. Die Acteurs spielen mit ganzer Hingabe, mit vollster, eigener Illusion. »Baby hustet.« – eine der Künstlerinnen ruft es mit so scharf gehörter und so genau wiedergegebener Besorgnis im Tone, daß meine Frau, die in Gedanken versunken war, aufspringt und dem gesunden Baby zur Hilfe eilen will. Der Herr Doktor kommt und bejaht die Frage, ob er Baby »bessermachen« könne, unbedingt. Er fühlt dem Baby den Puls, läßt sich die Zunge zeigen, klopft die Brust und den Rücken ab, setzt ihm eine kleine Windbüchse auf Brust und Rücken und horcht. Das Kind ist denn auch sofort geheilt. Ich glaube, ich lasse den Bengel Arzt werden.

Natürlich kann die Puppe nicht die Zunge herausstrecken. Könnte sie das, so wäre das Spiel nicht halb so schön. Denn nicht, was da ist, sondern was die Phantasie hinzusetzt: das macht die Seligkeit des Spieles aus, das ist der Tanz der Seele auf weiter Aue. Das ist ja unsere, meine und des Jungen stille Wonne, wie wir nun beginnen, einen zoologischen Garten anzulegen. Hätten wir raffiniert genau und hübsch gefertigte Löwenkäfige, Raubvogelvolièren und Büffelställe, da wär's eine öde Sache, die niemand reizte, weder meinen

Jungen noch mich. Aber nun sich vorstellen, wie der Löwenkäfig aus Bauhölzchen zu machen ist, wie der Löwe hinter dem Gitter ausschauen wird, dann all die schwierigen architektonischen Probleme mit wechselndem Erfolge zu lösen suchen, das Bassin heraustüfteln, in dem der Eisbär sich baden kann, den Ring anbringen, in dem der putzige Joko sich schaukeln kann, einen Zaun herstellen, damit Yumbo, der Riesenelefant, nicht herauskommt und alles zertrampelt – ja, das sind Aufgaben, des Schweißes der Edlen wert. Schaffen, schaffen will ein lebendiger Geist, thätig sein will das Kind! Und wenn sein Geist noch schläft, dann will wenigstens der Körper thätig sein. Aus der fernsten Ferne meiner Kindheit – ich kann bis ins dritte Lebensjahr zurückdenken – leuchtet mir eine ehrwürdige Fußbank her, die mir auf Gnade und Ungnade zum Objekt meiner Willens- und Muskelkraft überlassen war und in die ich so lange Nägel hineinschlug, bis keiner mehr Platz hatte. Das waren schöne Zeiten, als dieser Schemel noch nicht vollgenagelt war. Dergleichen kommt nicht wieder. Auf Fußbänke loszuschlagen, dazu bin ich denn doch nicht mehr kindlich genug, und auf vernagelte Köpfe zu hauen – ja, so etwas ist immer verboten.

Und nun soll ich ihnen etwas vorsingen, lustige und traurige Lieder, wie sie die Kinder singen. Als Liedersänger und Rattenfänger genieß ich in dieser Stube einen weitverbreiteten Ruf. Das kommt daher: ich singe ihnen meistens die Lieder, die ich selbst als kleiner Knabe gesungen habe. Und meine Kindheit ist ein Land, wo um Stilles und Bewegtes ein seliges Tönen fließt. Wo über die Wiesen leise Flötenlieder wandern und die Enten auf dem Dorfteich klingende Spuren ziehen. Wo vom Horizont her, da die Essen und Türme des Wunderlandes aufragen, den hellen Sommertag entlang ein heimliches Brausen tönt, wo aus dem dunklen Epheumantel des alten Schlosses seit den frühesten Tagen ein ewiges Flüstern klingt. Wo aus der tiefsten Stille eines toten Winternachmittags heraus das vereiste Brunnenrohr leise zu singen beginnt, und am stilleren Abend selbst der Mond hinter der hängenden Weide heraufzieht mit fernem Gesang.

>>Als der Mond schien helle,
Kam ein Häslein schnelle ...

Ich kann dergleichen mit vielem Ernste und mit vieler Lustigkeit singen, und es ist gewiß eine elende Sentimentalität von mir, wenn ich dabei denke, wie ich mich als Junge aufs Wachsen freute und daß ich jetzt nicht wachsen darf.

> »Häslein ging zur Ruhe,
> Zog aus Rock und Schuhe,
> Legte sich aufs weiche Moos,
> Schlief wie auf der Mutter Schoß.«

»Und so sollt ihr nun auch bald euch ausziehen und zu Bette gehen und schlafen und euch was Schönes träumen lassen –«

»Ich hab schon was geträumt, diese Nacht!« plappert die Kleinste, d. h. die Kleinste von den Salonfähigen.

»Was hast du denn geträumt? Erzähl mal!«

»Da kam'n Mann in unsern Garten, und das war 'n Soldat, und da wollte er Ludwig seinen Wagen wegnehmen und da – und da – wie war es man noch weiter, Vater?«

Ja, du liebes, liebes Blitzauge – es ist ja sehr erhebend und schmeichelhaft, daß du mir solches Wissen zutraust – wie sagt man noch: »Ihr Vertrauen ehrt mich« – aber leider überschätzest du mich.

Und dann kommt die Mutter, die hinausgegangen war, mit dem Abendbrot zurück. Fütterung, Fütterung, meine Herrschaften!! Unwiderruflich letzte Fütterung für heute!! – Es ist wirklich lehrreich; wer so das Abendbrot für eine dicht bevölkerte Kinderstube auf einem Haufen gesehen hat, der bekommt viel bestimmtere Vorstellungen von solchen Dingen wie »Staatshaushalt«, »Getreidezölle«, »Gesamtverbrauch« u. s. w.

»Wir sollten heute Kuchen haben; du hast es uns versprochen, Mutter.«

Und wenn du diesen Leutchen etwas versprochen hast, dann ist der furiengejagte Orest gegen dich ein Mann, der sein' Ruh hat.

Sie bekommen denn auch ihren Kuchen und essen ihn zuerst. Darin besteht ja eben unsere große sittliche Überlegenheit gegenüber dem Kinde, daß wir Selbstzucht genug besitzen, unsere Begierde zehn, ja fünfzehn Minuten lang zu zügeln und das Beste bis zuletzt zu versparen, weil es ja nämlich so einen viel raffinierteren Genuß gewährt. Der ethische Mensch hat eben die Kraft, erst den Beychevelle und dann den Mouton Rothschild zu trinken. Ich freilich habe auch als Knabe schon Beispiele von solcher Selbstbeherrschung gegeben, will übrigens dabei nicht leugnen, daß dergleichen auch bei anderen Kindern vorkommt. Wenn es Gerstengrütze mit Rosinen gab, aß ich erst die Grütze und schob alle Rosinen zurück. Und dann zum Schluß so einen ganzen Löffel voll Rosinen. Jesses, Jesses, dieser Genuß. Rosinengenuß mit dreiundzwanzig multipliziert. Man glaubt nämlich in jenen Jahren, daß sich alles multiplizieren lasse.

In der letzten halben Stunde soll ich dann noch neun verschiedene Spiele mit ihnen spielen, mit jedem etwas anderes. Dergleichen hält nur eine Mutter aus. So eine Mutter hält ein Kind auf dem Arm, giebt einem anderen zu trinken, spricht mit einem dritten, lenkt ein viertes mit den Augen und macht zu alledem noch eine anmutige Figur. Meine Majestät zieht sich in die inneren Gemächer zurück und ist so »erholt«, daß sie lang aufs Sofa fällt. Aber diese Ermüdung ist köstliche Erquickung.

Und ich muß daran denken, wie ich vor Jahren im Berliner Ausstellungspark mit einem düsteren Finsterich der Decadence über die Fortpflanzung des Menschengeschlechtes debattierte. Bei der Elendigkeit von Welt und Menschheit fand er es blöde, sich an Kindern zu freuen. Aber – du lieber Gott – wenn man so die Bibel aufschlägt: »Abraham zeugete Isaak. Isaak zeugete Jakob. Jakob zeugete Juda und seine Brüder. Juda zeugete Pharez und Sara u. s. w.« Sehen Sie: das ist es. Wenn ich nun wirklich eine Ausnahme hätte machen wollen – nun ja: etwas hätt' es ja ausgemacht; aber doch nicht genug. Unsere Eltern hätten anfangen müssen. Das ist es. Da war es Zeit. Dagegen hätt' ich auch nichts einzuwenden gehabt. Aber jetzt ist es zu spät. Jetzt hat der Finsterich auch schon drei Kinder. Überliefern wir die Aufgabe, das Menschengeschlecht aussterben zu lassen, als ein heiliges Vermächtnis unseren Nachkommen.

Die Hosentaschen des Erasmus.

Erasmus ist nämlich mein Sohn. Ich schicke vorauf, daß er gesund und normal gestaltet ist. Aber in bekleidetem Zustande zeigt er von Zeit zu Zeit an den Oberschenkeln unförmliche, bedrohlich anwachsende Wülste. Wenn diese eine gewisse Ausdehnung erreicht haben, pflegt meine Frau sehr vergnügt zu mir hereinzukommen und zu sagen: »Du, wir müssen mal wieder seine Hosentaschen ausräumen; es hat sich schon wieder ein ganzes Museum darin angesammelt!«

Ich darf voraussetzen, daß meinen Lesern die Hosentaschenzustände eines achtjährigen Buben im allgemeinen bekannt sind. Es gibt eigentlich kaum einen beweglichen Gegenstand, der sich nicht ganz gut in solch einer Tasche unterbringen ließe, und es gibt auch schwerlich einen Gegenstand, der nicht das Interesse solch eines verschwiegenen kleinen Weltbetrachters anregte. Nun muß man sich außerdem den jungen Herrn Erasmus als einen entschiedenen Sanguiniker vorstellen, der mit Hilfe seiner Phantasie an das Bruchstück eines Korkziehers die verwegensten Hoffnungen knüpft.

Da uns bei den bisherigen Untersuchungen manches dunkel blieb und wir manchen Gegenstand nicht zu bestimmen vermochten, haben wir diesmal den geehrten Hosenbesitzer selbst zur Besichtigung mit herangezogen. Meine Frau hat das Kleidungsstück auf dem Schoße; für die Vertreter der öffentlichen Moral bemerke ich, daß der Knabe während dessen mit einer anderen Hose bekleidet ist.

Was meine Frau zunächst aus der Tasche hervorzieht, ist Bindfaden. Ich darf ebenfalls als bekannt voraussetzen, daß dieser Gegenstand sich bei der männlichen Jugend einer besonderen Beliebtheit erfreut und alle übrigen Objekte, die aus solch einer Tasche ans Licht gefördert werden, in einer mehr oder minder interessanten Verwickelung mit jenem Gegenstande zu erscheinen pflegen. An der Hand des Bindfadens – um mich gewählt auszudrücken – gelangen wir sodann zu einem stark verrosteten, ovalen Blechschildchen, das die Inschrift »Patent« trägt. Das ist schon gleich ein wertvolles Stück. Ich weiß das. Ich habe den Maßstab für dergleichen noch ziemlich gut im Gedächtnis. Ich kann den Maßstab natürlich nicht so genau bestimmen; es handelt sich eben um Liebhaberwerte.

»Was heißt denn das: ›Patent‹?« frage ich.

»Wenn einer sich so fein angezogen hat.«

»Rrrich–tig.«

Wir verfolgen weiter den Ariadnefaden und fördern aus dem Labyrinth ein Notizbuch zu Tage. Das ist nun etwas ganz besonders Hervorragendes. Notizbücher sind in diesem Alter von ganz besonderem Wert und Nutzen. Es ist wohl selbstverständlich, daß man sich in erster Linie das notiert, woran man Tag und Nacht denkt, z. B. daß man für den 9. Oktober zur Apfelernte bei einem Spielkameraden eingeladen ist, oder daß am 25. Dezember Weihnacht gefeiert wird. Auch die 10 Pfennige, die man geschenkt erhielt, werden ordnungsgemäß als Grundstock eines zu sammelnden Kapitals gebucht, leider aber gewöhnlich nicht wieder ausgestrichen, wenn sie nach 10 Minuten in Chokolade umgewandelt wurden. Freilich sind Stift und Papier bei diesem Büchelchen von einer Güte, die sich in Geldeswert nicht mehr ausdrücken und es immerhin noch ratsamer erscheinen läßt, mit einer spitzen Stahlfeder auf ein Flanellhemd zu schreiben; aber Erasmus verfolgt es mit sorglich behütenden Blicken.

»Woher hast du denn das?«

»Das hat Hein Stieglitz mir geschenkt.«

»Weshalb denn?«

»Och – wenn ich mit ihm spielen wollte.«

»Warum wollte er denn mit dir spielen?«

»Och – die andern wollten nicht mit ihm spielen.«

»Warum nicht?«

»Weil er der Erste geworden ist.«

»Aha. – Aber was bedeutet denn das hier?« Ich habe nämlich das »Notizbuch« aufgeschlagen und lese auf einer Seite die höchst rätselhaften Worte »Käs Käse Käse la.«

»Das ist Französisch,« erklärt er mit einem Anflug von Gelehrtenstolz.

»Französisch??« – – – Aaaaaah – jetzt geht mir ein Licht auf. Er hat heut seine erste französische Stunde gehabt! Nach der neuen Methode. Der Lehrer hat gesprochen, aber nicht angeschrieben. Erasmus aber, seines Notizbuches stolz sich bewußt, hat sich's notiert. Qu'est-ce que c'est que cela! –

Voilà ce que c'est!

Mit Hilfe des Bindfadens fördern wir nunmehr ein kleines Scharnier von einem Deckelseidel in inniger Verbindung mit einem Stück Schusterpech zu Tage.

»Aber Erasmus! Ferkel!« ruft meine Frau und betrachtet nasrümpfend ihre Finger.

Er aber starrt sie an mit schuldlos-erstauntem Blick, als wollte er sagen: »Wieso? – Was ist denn los?«

Denn er lebt und webt ja noch im lautersten, ursprünglichsten Pantheismus; aus *allem*, was die Erde bietet, atmet ihm – in der Wärme des Herzens und der Wangen nur erst ahnungslos gefühlt – der unbekannte Schöpfer entgegen, und das gewaschenste Kätzchen wie den pfützenbewandertsten Straßenköter drückt er mit gleicher Liebe an sein glückliches Herz und sein reinstes Chemisett. Er steht noch auf dem naivgenialen Standpunkt der *Gleichberechtigung aller chemischen Verbindungen*, und die paradiesische Unschuld, die noch nicht weiß, was rein und schmutzig ist, ist noch nicht ganz durch unsere ästhetischen Engherzigkeiten verscheucht.

»Was willst du denn mit diesem Stück von einem Bierglasdeckel machen?«

»Och – wenn ich den Deckel dazu finde, dann mach' ich das auf mein Milchseidel.«

»Das 's 'ne Idee! Famos! – Aber sag mir Bescheid, wenn du den Deckel gefunden hast! – Kannst du denn überhaupt so was machen?«

»Jaaa – das ist man ganz leicht!«

»Mmmm.«

Das ist richtig. Ich hab auch als kleiner Junge sämtlichen Handwerkern ihre sämtlichen Künste abgeguckt. Es ging alles so nett und leicht. Ich wäre so gern Tischler, Schlosser, Schmied, Schuster, Maurer, Hutmacher, Maler und alles andere außerdem gewesen. Wenn meine Phantasie ein Werk entworfen hatte, so war's auch schon fertig und ich spielte damit. Ich hobelte ohne Hobel, klebte ohne Leim, malte ohne Pinsel, lötete ohne Kolben und Flamme und beschlug die wildesten Pferde, alles in Gedanken. Und die Werke unserer Phantasie spielen anmutiger mit uns, als wir mit den wirklichsten Dingen. Auch mit Ruhm und Macht und Geld spielt es sich ja hübscher in der Phantasie als in Wirklichkeit. »Alles wiederholt sich nur im Leben –«

Also freu' dich nur an deinem Deckelglas.

Nachdem wir nun noch aus dieser Tasche eine Mundharmonika, ein kleines Weingeistthermometer und einen Soldaten von der bleiernen Kavallerie gehoben haben, bemerken wir an der Lanze dieses Ulanen eine deutsche Fünfpfennigmarke – pardon: – eine norddeutsche Fünfpfennigmarke!

Eine furchtbare Ahnung spannt meine Nerven.

»Was soll die denn?« frage ich.

»Die sammel ich,« erklärte er ganz unschuldig.

»Mein Sohn,« spreche ich und lege mit ehrwürdig-großer Geste die Vaterhand auf seine Schulter, »ich will es keineswegs als unmöglich hinstellen, daß die Sammler von Briefmarken und Trambahnbillets irgend einen Gedanken daneben haben. Der Mensch soll nicht hochmütig sein: was wissen wir z. B. vom Seelenleben des Meerschweinchens oder des Laubfrosches! Aber bei einem Erben meines Blutes dulde ich Briefmarkensammeln nicht. Darin erlaube ich mir nun Despot zu sein. Willst du schöne Dinge sammeln – sehr gut! Willst du lehrreiche Dinge sammeln: Tiere, Pflanzen u. dgl. – auch gut! Aber Briefmarkensammeln ist ausgesprochene Antikultur, und darauf steht bei mir Enterbung.« (Der Junge verfärbt sich.) »Man weiß ja, wie's geht: Erst kommt das Cricri und das Monocle, dann das Sammeln von Briefmarken und Pferdebahntickets und schließlich der Klerikalismus, ohne daß man die Übergänge merkt!«

Meine Frau hat sich inzwischen an die Erschließung der anderen Tasche gemacht und mit diversen Muscheln und Hosenknöpfen auch eine zusammengedrückte Kapsel von einer Weinflasche an den Tag gebracht.

»Und was willst du damit?«

»Die will ich verkaufen.«

»Verkaufen?«

»Ja, Willy Steinmann sagt, wenn man 'n Pfund davon hat, dann kann man sie verkaufen, und das Geld will ich mir dann aufsparen, und dann seh ich zu, daß ich immer mehr dazu krieg, bis ich fix reich bin.«

Aah – daher pfeift der Wind! Er hat offenbar von jenen »gemeinnützigen« Geschichten gekostet, in denen immer erzählt wird, wie irgend jemand schon als 6jähriger Knabe jede Stecknadel aufhob, jede Gänsedaune für ein künftiges Kopfkissen reservierte und so schließlich ein ungeheuer großer, reicher und berühmter Kaufherr wurde. Ich habe nie die Überzeugung los werden können, daß diese Geschichten von Spekulanten, Bankdirektoren, Testamentsvollstreckern, Schwankdichtern und ähnlichen Leuten erfunden worden sind, um die andern Leute von der Fährte abzulenken. Mein Junge – wenn du der Sohn deiner Eltern bist, so wirst du diesen »fremden Tropfen in deinem Blute« bald wieder hinauswerfen, davor ist mir nicht bange. Stecknadelnsammeln liegt nicht in der Familie.

»Na, und wenn du nun ›fix reich‹ bist – was dann?«

»Dann kauf ich mir Kühe und Ochsen und 'n Geographiebuch.«

»So.« Bei mir war es immer ein Schloß. Das wollt' ich mir bauen, wenn ich reich wäre. Ich sehe noch heute die breite, schimmernde Marmortreppe, auf deren oberster Stufe ich stehe als ein Grand Seigneur, um im nächsten Augenblick mit vornehmer Gelassenheit hinabzusteigen. Oder ich lag auf einem Ruhebett hingestreckt und sah durch hohe Bogenfenster weiße Wolken durch blaue Himmelsfluren ziehen – langsam – so langsam. Oder ich hielt auf der Zugbrücke hoch zu Pferd, die Faust auf den Schenkel gestemmt, und sah in *einem* Blick Thäler und Berge, Wälder und Ströme. Ich möchte fast mit Lessing glauben, daß es eine Wiedergeburt in *dieser* Welt gibt, daß wir mehr als einmal auf dieser Erde erscheinen. Vielleicht daher diese leisen, fernen, geheimnisvollen Erinnerungen, die wir uns nicht erklären können. Und ich fürchte, ich fürchte: ich bin – vielleicht im 13. Jahrhundert oder so – ein wenig beschäftigter Junker gewesen. Ich habe seitdem noch immer eine merkwürdige Neigung, mit dem Schauen nach schwebenden Wolken und mit dem Reiten durch rauschende Thäler meinen Unterhalt zu verdienen.

Während diese Erinnerungen schnell wie Schwalbenflug vor meinem inneren Blick vorüberziehen, stößt meine Frau plötzlich einen heftigen Schrei aus und springt vom Stuhl empor. Sie muß auf etwas Entsetzliches gestoßen sein; denn sie ist von Natur sehr mutig. Sie würde ihr Kind aus dem Rachen des Löwen reißen wie jene berühmte Mutter von Florenz. Es muß etwas Furchtbareres sein als ein Löwe. Und so ist es. Es ist ein »Gemeiner Mistkäfer«, Geotrupes stercorarius, den meine Frau von ihren Fingern fortgeschleudert hat und der jetzt langsam auf den Dielen dahinkriecht.

»Ooh, mein Käfer!« jammert Erasmus.

Das Krabbeltier ist aus einer Streichholzschachtel entwischt und hat sich frei in der Hosentasche ergangen. Während meine Frau noch immer ein bißchen weiß um die Nase ist, hat Erasmus das Tierchen aufgenommen und läßt es mit geradezu wissenschaftlicher Kaltblütigkeit und Vorurteilslosigkeit über seine Finger krabbeln.

»Wozu hast du den denn gefangen?«

»Für 'ne Käfersammlung.«

»Na – weißt du – das halt ich eigentlich für unnötig. Du kannst ihn dir auch so ordentlich ansehen. Und dann kannst du ihn jedes Jahr in ungezählten Mengen wiederfinden. Wenn's was Seltenes wäre, wollt' ich nichts sagen. Was selten ist, muß immer dran glauben. Aber das verstehst du noch nicht. Also: ich denke, du läßt ihn laufen, he? Andere Mistkäfer wollen *auch* leben.«

Mit schnell aufblitzendem Blick sieht er mir forschend in die Augen, dann lächelt er und betrachtet verstohlen seine Hände. Sie sind heute zum zweitenmal gewaschen und zum drittenmal schmutzig. Er gebraucht sie ungeniert und fleißig, wenn er in Haus und Garten, Feld und Wald naturforschend sich ins All versenkt.

An den Gegenständen, die der zweiten Tasche entstammen, zuletzt an der Streichholzschachtel, sowie an der rechten Hand meiner Frau ist uns mehr und mehr eine merkwürdig übereinstimmende Röte aufgefallen. Jetzt kommen wir auch dem Ursprung dieser Farbe nah: ein beträchtliches Stück Rötel hat offenbar schon ein paar Tage in diesem Raume zugebracht und dessen Wände mit einem gleichmäßigen Rot bedeckt. Endlich findet sich noch ein schön abgeschliffenes, eirundes Rollsteinchen vom Meeresufer.

»Was ist denn das?«

»Das ist 'n Glücksstein.«

»Ein Glücksstein?« –

Das kann stimmen. Wer sich an solch einem Steinchen freut, der ist glücklich.

»Wo hast du denn die hübsche kleine Silbermünze gelassen, die du neulich hattest?«

»Och, die hab ich Georg Petersen gegeben, der will mir 18 Fahnen und 25 Lanzen dafür geben.«

Seine Augen leuchten.

Ja, das sind so Augenblicke, in denen einem das Herz ein wenig groß und das Auge – pardon – ein wenig warm wird. Denn man denkt an die vielen Male, daß dieser junge Mann in seinem Leben noch betrogen werden wird. Was wird *dem* sein guter Glaube noch kosten! Man fragt sich, ob man nicht unrecht thut, wenn man einem Kinde sagt: »Sei immer wahr!« – ob man es nicht wehrlos macht? Man säh es so gern das Gebot der Wahrhaftigkeit befolgen, und man sieht dabei alle die Leiden voraus, die dann seiner warten. Also dem Achtjährigen schon sagen: »Paß auf, daß du nicht betrogen wirst!?« – Nein.

Nein. Es lieber der Zeit überlassen, die schließlich doch den Arglosesten warnt. Bei manchem braucht's freilich viel Zeit. Und dann ist ja auch der Mensch so genial konstruiert, daß er einen merkwürdig großen Wert darauf legt, nicht aus fremdem Schaden zu lernen, sondern *selbst* betrogen zu werden. Und dann ist es ja auch vorteilhaft, sich mäßig betrügen und belügen zu lassen. Zu viel ist freilich hier wie überall vom Übel. Wer gar zu leicht zu betrügen ist, der verleitet schließlich auch honette Leute. Die sagen dann: »Na – wenn er selbst nicht anders *will* – –« Man glaubt nicht, wie verderblich ein *einziger* Vertrauensseliger für ein ganzes Rudel von ziemlich anständigen Menschen werden kann Aber sonst –: Die Leute vom

Adel haben ganz recht: Sich mäßig betrügen lassen, gehört zum Adel. Wer einen Rock zu 40 Mk. für 50 Mk. verkauft, wer im niederen oder höheren Pferdehandel einen Gentleman hineinlegt oder wer das Drama eines Rivalen aus dem Spielplan hinausintriguiert, damit er noch ein bißchen mehr Ruhm mit Tantiemen ergattere – und wer sich bei alledem steif und fest einredet, Klugheit und Vorteil seien auf *seiner* Seite und *nur* auf seiner Seite – ja, wer wollte solch einem armen Teufel das kleine Vergnügen des Betruges nicht gönnen?! Man zahlt je nach seinen Verhältnissen die 10 Pfennige oder die 10 Goldstücke oder die 10 braunen Scheine, und wenn man den Betrug merkt, lacht man sich ins Fäustchen und freut sich, daß man keine Wanze ist; und was einem leid thut, ist nur der arme Kerl, der nun womöglich ganz stolz ist auf seinen »Coup« . . .

Meine Frau und ich haben beschlossen, dem jungen Herrn ein eigenes Schubfach zur Verfügung zu stellen, damit er darin seine Kinderwelt baue. Nach meinem eigenen Jungentum zu schließen, wird er allerdings die Hosentasche vorziehen. Das Verhältnis zu den Dingen ist hier ein intimeres. Man hat auch alles für den ersten Griff bereit und nett beisammen: Kreisel, Mistkäfer, Äpfel und Schusterpech. Und dann – die Hauptsache! – es liegt nicht offen vor aller Augen da. Obwohl wir höchst diskret verfahren sind mit dem Geheimschatz des Prinzen Erasmus und uns das Lachen tapfer verbissen haben – er schien unser Vorgehen doch als eine Indiskretion zu empfinden. Es war eine Sache der Scham für ihn. Und man *soll* auch nicht einfallen ins Land der Kinderseele, man soll es behutsam anstellen, daß sie einen selbst hereinziehen. Wenn ihr Entzücken einmal recht groß ist, thun sie's schon.

Eine zartgebaute Welt, das Kinderparadies. Ein einziger rauher Hauch aus der kalten Welt der Erwachsenen – und tausend Blüten fallen auf einmal von seinen Bäumen. Es giebt ein Wunder, das ist so groß wie ein Pfennig, rund wie die Sonne und mildglänzend wie der Mond; du bewegst es ein wenig – und versteckte Farben leuchten daraus hervor: das durchsichtige Grün des Nordmeers, die Röte des Abendhimmels . . . Laß aber ein paar unrechte und grobe Finger darüber kommen und es verächtlich auf den Tisch werfen – so ist es ein armseliger Perlmutterknopf! – – –

Asmodi
oder

Der hinkende Teufel im Theater

Über der berühmten Stadt Hamburg lag die dichte Finsternis eines regnerischen Oktoberabends, als ich in schwebender, bebender Herzenslust und Herzensangst, sonst aber warm und wohl geborgen, in einer kleinen Loge des Stadttheaters saß. Ich mußte den »Faust« sehen, that es aber nicht gern. Denn der hat auf der Bühne, vom Gretchendrama abgesehen, nichts zu gewinnen, aber alles zu verlieren. Mich interessierte auch unendlich viel mehr ein Fläschchen mit Syringenparfüm, das ich verstohlen in der Hand hielt. Einen Gegenstand, der der Geliebten gehört, in der Hand halten ist immer eine Lust, was auch die Ehemänner dagegen sagen mögen. In jener Abendgesellschaft, wo sie mir aufgegangen war wie Morgenlicht über einer stimmungslosen Sandwüste, hatte ich ihr das Flacon gestohlen. Ich hatte während unserer Unterhaltung damit gespielt und es nachher behalten, und sie schien es nicht zu vermissen.

Syringen! Das paßte so gut zu ihr. Sie schien Einen auch aus hundert treuen blauen Augen anzublicken. Sie hatte sicherlich nur zwei Augen; aber hatte man einmal hineingeblickt, so sah man überall diese Syringenaugen, wenn man auch auf einen alten Ofenschirm oder auf die schwarze Weste eines Ökonomierats starrte. Syringen sind so einfach und so reich in ihrer Einfachheit und so weich und duftig, daß man lange, lange seine Wange hineinschmiegt. Vielleicht war ich auch darum gleich so heilig verliebt, weil Syringen mir von Kindheit an verknüpft sind mit Pfingstfreude, mit dem ersten großen Leuchten und vollen Klingen der neuen Frühlingslust.

Hoheit umhüllte sie ganz. Weiß einer, was Hoheit ist? Nicht die Hoheit mein' ich, die angenommen und abgelegt werden kann, die man *behaupten* muß, sondern Hoheit, die von allem Anfang her da ist und immer da ist und da sein wird auch in Niedrigkeit und kümmerlichen Leiden und die auch den Ärmsten anzieht. Nicht Hoheit, die streng oder hart oder gar kalt sein kann, sondern Hoheit, die über Gerechte und Ungerechte leuchtet und auch bei hingebendster Milde noch Hoheit bleibt, vor der der Rohe verlegen wird und dem Zyniker seine eigenen Witze schal erscheinen . . .

Auf der Bühne setzte sich Mephisto in einem scheußlichen, Franz Moorigen Vorstadt-Nasen-Intrigantentone mit »dem Herrn« auseinander. Ich floh zu meinem Fläschchen, drückte die Augen zu, sog begierig den Duft ein und – hörte mit einem Male einen tiefen Seufzer, der nur aus dem Fläschchen kommen konnte.

»Holla!« rief ich. »Wer ist da?«

»Ach,« klang ein leises Stöhnen aus dem Fläschchen, »die alte Geschichte! Ich! Asmodi!«

»Ei sieh da!« rief ich. »Und nun möchten Sie wohl gern wieder heraus?«

»Ach ja! Bei der früheren Besitzerin dieses Fläschchens war es ja recht angenehm; aber bei Ihnen – das hat wirklich keinen Reiz!«

»Danke. Kann ich mir denken. Aber warum entweichen Sie nicht durch eines der kleinen Riechlöcher im Stöpsel?«

»Ich kann nicht an der Schleife vorbei.«

»Nicht an der Schleife vorbei?«

»Nein, betrachten Sie sie recht, sie ist zu einem Brrrrrrrr . . . . Ich kann das Wort nicht aussprechen . . . . Sie wissen schon . . . .«

»Ach sieh da! Richtig, sie ist zu einem Kreuz gebunden. Und nun soll ich wohl die Schleife lösen?«

»Ich thät recht schön bitten.«

»Ja, was wollen Sie denn anlegen für Ihre Befreiung?«

»Ich werde Sie einen Blick thun lassen in alle Gehirne der hier Versammelten, und Sie sollen sehen, was darin vorgeht.«

»Famos! Das interessiert mich. Aber ich werde mich auf Stichproben beschränken; denn das Menschengeschlecht ist reich an langweiligen Wiederholungen.«

»Wie Sie wollen.«

»Aber,« fuhr ich fort, »wenn ich mich recht erinnere, verstehen Sie noch andere Künste.«

»Gewiß!« flüsterte die feine Stimme. »Ich verheirate Grauköpfe mit minderjährigen Mädchen, Herren mit ihren Mägden, arme Mädchen mit schmachtenden Liebhabern, die keinen Heller im Vermögen haben . . .«

»Halt, stop!« rief ich. »Das letztere ist *mein* Fall. Ich bin gegenwärtig wohl der zur Liebesheirat begabteste Zeitgenosse. Wollen Sie mir behilflich sein?«

»Aber gewiß! Das ist ja mein Geschäft.«

»Nun denn, Asmodi-Cupido, so gebe ich Ihnen hiermit die Freiheit zurück.« Ich riß die Schleife auf – ein feiner knirschender Laut – und zwischen meinen Knien stand le diable boiteux, gänzlich unverändert und noch genau so, wie er dem edlen Don Kleophas Leandro Perez Zambullo erschienen war.

»Erlauben Sie, daß ich Sie zuvörderst unsichtbar und unhörbar mache,« sprach Asmodi, tippte mir leise mit dem Finger auf die Nase und erklärte, ich sei nun für jeden Sterblichen Luft; ein neues Genie könne nicht sicherer darauf rechnen, von den Menschen unbemerkt zu bleiben, als ich. Dann zog er mich mit sich fort.

»Sie werden also,« begann ich von neuem, »diesen Menschen die Schädeldecken abnehmen, wie Sie einst die Dächer von Madrid abgehoben haben?«

Asmodi schlug eine laute Lache auf. »Sie glauben wohl,« rief er, »wir Teufel blieben im 17. Jahrhundert stecken, während ihr gewaltigen Menschlein bald ins 20. hineinschlaft! Komm ich Ihnen so rückständig vor? Seh' ich aus wie ein Eisenbahnminister unter dem Zeichen des Verkehrs? Die Schädeldecken abheben! Entsetzlich! Wozu lebte denn unser Röntgen.«

»›Unser‹ Röntgen!« wiederholte ich. »Sie thun gerade, als ob dieser vortreffliche Mann des Teufels wäre.«

»Alle Erfinder, Entdecker, Forscher und großen Neuerer sind des Teufels, und ihre Werke sind Werke des Teufels: *darin* spricht die Konkurrenz einmal wahr,« versicherte Asmodi. »Überhaupt sind wir Teufel die Wohlthäter der Menschheit und die thätigen Diener des Herrn, wie Ihnen unser Goethe noch eben von der Bühne herab verkündet hat, während jene augenverdrehenden Herren – na – ich schimpfe nicht gern auf die Konkurrenz – ich halte das nicht für anständig, obwohl jene Herren sich in diesem Punkte keine Beschränkung auferlegen.«

»Ja, ja,« rief ich, »Sie reden wie Ihr Kamerad auf der Bühne und geben sich für eine Kraft aus, die stets das Böse will, doch nur das Gute schafft. Aber ich habe das immer für einen Schwindel gehalten, gemacht, um den armen Faust zu bethören.«

»Auf Wort« – Asmodi blieb stehen, legte mir seine Rechte fest auf den Arm und sah mich mit einem ehrlich resignierten Gesichte an – »auf Wort, mein Verehrtester, es *ist* so.« Und dann weitergehend: »Sehen Sie, werter Freund, *das* mußte ja schließlich auch dem dümmsten Teufel klar werden, daß gegen das Licht, gegen das Gute, gegen den ›Herrn‹ da hinter dem Wolkenprospekt der ganze Höllenschlund nicht anjappen kann. Was wirklich gut ist, kann man nicht mal durch Reklame totmachen. Also thaten wir Teufel, was man in solchen Fällen oft thut: wir gaben die fruchtlose Opposition auf und traten in die Dienste der Regierung als agents provocateurs, natürlich im anständigen, nicht im menschlichen Sinne des Wortes. Wir bringen den faulen Menschenbrei in Bewegung, stänkern überall nach Kräften herum, haben unsern Spaß dabei und verschaffen dem ›Herrn‹ das Vergnügen einer Schachpartie. Dem einzelnen Menschen können wir dabei unangenehm genug werden; aber dem verdammten Zeug der Tier- und Menschenbrut, dem ist nun gar nichts anzuhaben. Sie sehen, ich verfalle von selbst in die Goetheschen Worte; man kann's gar nicht besser ausdrücken. Es ist alles so, wie Sie's noch eben von der Bühne her gehört haben. Wir arbeiten im besten Einvernehmen mit dem ›Herrn‹ und erfreuen uns seines entschiedenen Wohlwollens, während er die Herren von der Konkurrenz, die sich auch für seine Agenten ausgeben, geflissentlich ›schneidet‹, wie Sie wohl gleichfalls bemerkt haben. Beiläufig bemerkt, ein verdammt schlauer Kerl, der Goethe; er ragte in unsere Welt hinauf und hat Gewalt über uns wie Byrons Manfred, bloß mit dem Unterschied: der Manfred hat's im Maul und der Goethe im Hirn.«

»Aber wirkt nicht auch die Konkurrenz im Interesse des Lichts?« warf ich ein.

»Im Interesse des dickeren Wachslichts? Freilich. Aber das Licht des Verstandes erklären sie für den Feind der Menschheit. Und wir dürfen nicht aus unserer Welt hinaustreten und die Karten aufdecken, verstehen Sie?«

»Aber wenn ich nun Ihre Enthüllungen den Menschen mitteile!«

»Dann glaubt Ihnen keiner. Das ist ja eben der Spaß, verstehen Sie? Die Menschheit muß sich ganz allmählich selbst herauswuseln. Die Menschen wollen nur durch Schaden klug werden. Deshalb z. B. verheirate ich sie miteinander.«

»Sie wollen doch nicht sagen, daß Sie auch mich aus diesem Grunde verheiraten –«

»In Ihrem Falle liegt die Sache natürlich anders,« versetzte er eilfertig und wandte das Gesicht ab; aber ich müßte mich sehr getäuscht haben, wenn nicht im äußersten rechten Mundwinkel ein Stück eines Lächelns bemerkbar gewesen wäre.

»Aber,« rief Asmodi, »versäumen wir nicht das Spiel: der Vorhang hebt sich wieder.«

Wir traten hinter einen Mann mit ziemlich vierkantigem Schädel und zugeknöpftem Jägerschen Normalbusen. Asmodi brachte unbemerkt seinen Apparat » Non plus ultra« an und sprach in dozierendem Tone:

»Sie blicken hier in das Gehirn eines Freidenkers von der wüsten Sorte, eines Mannes, der alles mit dem Verstande machen will, und zwar mit seinem. Sie bemerken, wie er soeben die Zeile ›und leider auch Theologie‹ versteht. Er glaubt, Goethe schimpfe auf die Theologie überhaupt. Sie werden bemerken, daß er Goethe als Gesinnungsgenossen begrüßt und ihm Anerkennung zollt.«

»Hier das etwas verlederte Gehirn eines Schulpedanten. Sie sehen, er begreift nicht, daß Faust nach soviel Studien nur so klug ist wie zuvor. ›Das Studium wird eben nach Art dieser ›genialen‹ Leute nicht solide und methodisch betrieben worden sein; *andere* Leute wissen doch was!‹ Sehen Sie gut? Sie müssen jeden Gedanken lesen können!«

»Brillant!« rief ich. »Die Selbstgefühlszellen zappeln vor Vergnügen!«

»Richtig. Feiner Apparat, he?«

»Großartig!«

»Hier das Gehirn eines Geistlichen.« ›Fürchte mich weder vor Hölle noch Teufel‹, klang es von der Bühne. – »Sie werden die Entrüstung bemerken –«

»Ja.«

›Dafür ist mir auch alle Freud' entrissen.‹ Die Entrüstungszellen beruhigen sich und die Zellen der Genugtuung leuchten in einem satten Glanze. ›Bilde mir nicht ein, ich könnte was lehren, die Menschen zu bessern und zu bekehren.‹ »Ja, ja, das kann freilich niemand, der freventlich den Mutterschoß der Kirche verlassen hat!« ›Es möchte kein Hund so länger leben!‹ »Nun ja, das ist immer das Ende dieser Verlorenen! Jammer und Verzweiflung!« – »Sehen Sie, wie die Behaglichkeitszellen glänzen?«

»Wie lauter Öl!« rief ich.

»Richtig. Gehen wir weiter! – Hier ein gebildeter und zufriedener Bankdirektor. ›Daß ich erkenne, was die Welt im Innersten zusammenhält –‹ »Ja, so viel muß der Mensch eben nicht verlangen! Überspanntes Streben! Ist nun doch mal nichts für Menschen!« – »Haben Sie's gelesen?«

»Ja, aber jetzt wird alles trübe und dickflüssig – milchig –«

»Ja, das liegt nicht am Apparat, das ist allgemeine Zufriedenheit – «

»Halt, jetzt seh ich wieder was –«

»Aha!«

»18759 Mk. 75 Pfg . . . . . Bremer Staatsanleihe von 1859, 106 bezahlt . . . .«

»Na ja. Ein anderes Bild! Das Gehirn einer Schwärmerin für Blüten und Perlen der deutschen Poesie. ›O sähst du, voller Mondenschein, zum letztenmal auf meine Pein –‹

»Hurrrrjeh!!« rief ich unwillkürlich. »Alle Gefühlszellen wuseln durcheinander – ich sehe nichts als Nebel – nichts deutlich –«

»Richtig,« bemerkte Asmodi mit sachkundiger Trockenheit. »Sie liebt Goethe im allgemeinen nicht, ›er ist so kalt‹; aber diese Stelle findet sie himmlisch. Sie werden keine eigentliche Vorstellung bemerken –«

»Keine.«

»Nein. Sie ist auch so entzückt. Go on! Ein Student. ›Von allem Wissensqualm entladen, in deinem Tau gesund mich baden.‹ Sie werden über dieses ganze Hirn eine ungeheure Heiterkeit verbreitet finden. Wie Sie sehen, freut er sich, daß er die Wertlosigkeit der verfluchten Büffelei von Anfang an durchschaut hat; Sie würden dieses Hirn jedesmal besonders aufleuchten sehen, wenn Faust auf die Wissenschaft schilt. Sehen Sie gut?«

»Es geht.«

»Ja, das ganze Bild ist etwas getrübt durch Bier. Wie Sie bemerken werden, hält er das für Wissensqualm.«

»Ja!« rief ich lachend.

»Ein gar nicht seltener Fall von Selbsttäuschung. Sie werden aber ganz deutlich die Spuren vom Kindl, Zacherl, Hofbräu &c. unterscheiden können –«

»Vollkommen,« rief ich.

»Hier ein Leutnant,« erklärte Asmodi. Die Gehirnmoleküle schwangen ruckweise und sprunghaft. »Schlapper Herr, dieser jelehrte Mann. Ollen Faust endlich mal ruh'n lassen! Neulich Stück mit altem Dessauer drin. Sehr nett.« ›Und fragst du noch, warum dein Herz sich bang in deinem Busen klemmt?‹ Und sieh da – auch die Moleküle des Leutnants schwangen bang und beklommen; die ganze Gehirnthätigkeit erschien wirklich deprimiert, und ich las: Mr. Blackburne erkrankt. Kann meine Schimmelstute ›Blitz‹ beim Horner Rennen nicht reiten. – Äh! Schleimiges Pech!‹ Dann tauchte eine üppig ausgeschnittene Frauenschönheit auf, und als ich mich aufrichtete, um zu sehen, ob die Direktion hier etwa ein Ballet eingeschoben hätte, bemerkte ich, daß der Leutnant sein Opernglas auf eine nahegelegene Loge gerichtet hatte.

»Hier etwas ganz Apartes,« fuhr Asmodi fort. »Sie sehen hier –«

»Bst!« machte ich gebieterisch.

Ich sah Musik, Musik, wie ich sie nie gehört, wie sie nie geschrieben worden, vielleicht nie geschrieben werden konnte, wunderbare Musik, in der verschwiegenste Geheimnisse laut wurden, Musik, aus dem innersten Grunde der Welt geholt. Das Hirn dieses Mannes war ganz von himmelsklarem Lichte durchleuchtet, und die Teilchen dieses Hirnes schwangen in immer seligeren, immer berauschteren Kreisen, und immer mehr Zellen zerteilten sich und gebaren neue Zellen. Und ich sah, daß dieser Mann sich am Ufer des Meeres wähnte, und hinter ihm ragten ewige Felsen auf, und über ihm spannte sich allesumarmender Himmel. Und er hörte ein flüsterndes, murmelndes Raunen vom Meere kommen, fast schon ein Sprechen war es; immer war es ihm, als müßte er nun gleich Worte vernehmen, so drängend deutlich war es, und ward doch kein Sprechen. Und das Raunen zog durch seinen Leib mit bebenden, seligen Schauern und stieg durch den Felsen hinauf und lief wie fernster Donner durch den Himmel und kam wieder übers Meer gegangen und kehrte freundlich zurück in seinen Leib und zog durch sein Herz wie ein ewiger Lebensstrom. Und ein verzücktes Heimgefühl quoll in ihm, bis in die letzten Äderchen hinein. Er hatte sich heimgefunden; Meer und Erde und Himmel und er selbst redeten nun endlich dieselbe Sprache. Und immer sah und hörte ich die Musik, diese Musik, die immer kühner emporstieg, sich immer wieder übergipfelnd und dann wieder langsam zurückkehrend in eine große, allmächtig befriedende, heimatliche Ruhe. Und zu einem Orchesteraufschwung, der blitzschnell meinen ganzen Leib durchfuhr mit rieselnder Glut, jauchzte menschlicher Gesang auf:

> »Die Geisterwelt ist nicht verschlossen;
> Dein Sinn ist zu, dein Herz ist tot!
> Auf, bade, Schüler, unverdrossen
> Dir ird'sche Brust im Morgenrot!«

»Ein Dichter und Sänger des Makrokosmos,« erklärte Asmodi. »Wie Sie sehen, ist er mitten im Produzieren. Goethe hat ihn gereizt.«

»Herrlich!« rief ich. »Haben Sie mehr von der Sorte?«

»Nee!« lachte der Hinkende. »Die sind dies Jahr selten. Aber hier etwas Possierliches, wenn's Ihnen Spaß macht. Ein elfjähriger Junge. Ein helles, lebendiges Kerlchen, wie Sie sehen; ein Hirn, das den ›Faust‹ mal sehr gut verarbeiten wird. Aber die Makrokosmosgeschichte und diverses Andere ist ihm natürlich schleierhaft. Sehen Sie die Schleier?«

»Natürlich.«

> »Wie alles sich zum Ganzen webt!
> Eins in dem andern wirkt und lebt!
> Wie Himmelskräfte auf und niedersteigen
> Und sich die goldnen Eimer reichen!«

»Merken Sie wohl? Er begreift nicht, was der Faust immer zu gucken hat, wo doch nichts zu sehen ist. Er möchte so gern mal die goldenen Eimer sehen, hihihihi! Wird ihm wohl nicht glücken.«

»Na, vielleicht später mal!« meinte ich.

»Dieser Gelehrte wird Sie noch interessieren,« sprach Asmodi. Ich blickte hinein und war höchlichst überrascht. »Er denkt an das japanische Maskenschwein!« rief ich.

»Ja,« antwortete Asmodi. »infolge einer ganz natürlichen Ideenassociation. Faust sprach erst soeben die Worte:

> »Du Geist der Erde bist mir näher;
> Schon fühl ich meine Kräfte höher . . .«

Sie werden die Spur der Ideenkette noch verfolgen können; die zuerst berührten Zellen müssen noch schwach phosphoreszieren. Die Worte Fausts brachten ihn darauf, daß der Menschengeist immer von kosmischen Versuchen zur Erde, zum Realen, zum Materiellen zurückkehren muß, um neue Kraft zu gewinnen. Ganz flüchtig fiel ihm dann Antäos und Herakles ein, sehen Sie hier! Dann dachte er an seine augenblickliche Forschung und daß er nach langer Mühe gefunden habe, wie die deutsche Schweinezucht durch das japanische Maskenschwein wirksam zu heben sei. Sie sehen, diese Vorstellung vom Schwein war von einem sicheren, fröhlichen Kraftgefühl begleitet. Dann dachte er an die Stelle im zweiten Teil – denn er ist zugleich ein guter »Faust«-Kenner –:

›Dem Tüchtigen ist diese Welt nicht stumm,‹

und jetzt ist er schon längst wieder bei dem monologisierenden Faust, von dessen Worten ihm nicht eines entgangen ist, wie Sie wohl an dieser zweiten Spurenreihe sehen. Der Ablauf der ganzen Kette dauerte genau eine Zeile lang.«

»Ja!« rief ich aufs höchste interessiert. »Und das wunderbarste ist: das ganze Gehirn ist in schönster Stimmung und ist gar nicht herausgekommen. Alle scheinbaren Gegensätze von einer großen Weltanschauung nmfaßt! Ein starker und harmonischer Geist!«

»Hier ein kleiner Diplomat,« fuhr Asmodi fort.

»Er betrachtet sich das Publikum mit großem Wohlwollen,« bemerkte ich. »Das glückliche Völkchen, denkt er, braucht sich nicht um höhere Dinge zu sorgen wie unsereins. Er seufzt und befindet sich sehr wohl. Er ist sich bewußt, daß er für das Wohl all dieser Leute zu sorgen habe. Er findet, daß das Theater doch immer noch die beste Beschäftigung für die Masse ist und sie am wirksamsten von lächerlichen politischen Ambitionen fernhält. »Eine Fanny Elßler oder eine Maria Taglioni wäre ein wahrer Segen heutzutage!« seufzt er.

So durchwanderte ich unter Asmodis Führung noch einen großen Teil des Auditoriums, bald beobachtend, bald dem summarischen Vortrage des Hinkenden lauschend. wenn sich Wiederholungen mit geringfügigen Abweichungen boten, z. B. noch ein Gymnasialprofessor, der Goethes Sprachfreiheiten regelmäßig mit halblauter Stimme korrigierte, ein Schnittwarenhändler, der überlegte, auf welche Weise er den großen Rest eines aus der Mode gekommenen Stoffes loswerden könne, ein Seemannsschüler, der seiner Begleiterin während der Erscheinung des Erdgeistes heimlich die Hand kniff, was man schon ohne Apparat sehr gut beobachten konnte u. s. w. u. s. w.

Da – Faustens zweiter Monolog näherte sich dem Ende – da, als wir in eine Loge des dritten Ranges traten, durchfuhr mich ein lieblicher Schreck, ach ein köstlicher Schreck! Da saß vorgebeugt, in gespannter Haltung, die Lippen ein wenig geöffnet, sie, meine Syringe!

»Asmodi!« rief ich mit unterdrückter Stimme, obwohl uns ja niemand hören konnte, »Asmodi, das ist sie ja!«

»Wahrhaftig,« rief der Schalk mit spöttischem Erstaunen, »sie ist es! Nun, so beeilen Sie sich; es ist gerade eine günstige Gelegenheit.«

Ich schaute hinein in dieses schöne, ovale Köpfchen und hatte bald alles um mich her vergessen. Sie horchte fromm auf die herrlichen Worte und bewegte sie ernst in ihrer Seele. Da – ei sieh – als Faust die Phiole ergreift – denkt sie an ihr Riechfläschchen, an mich und daß ich es ihr entwendet habe! Schau einer dies Mädel an. Sie wußte es und sagte nichts. Ich zitterte vor Freuden so sehr, daß ich ihr Haar berührte; ich erschrak heftig; sie wandte sich flüchtig um, schien dann aber die Berührung für eine Täuschung zu halten. Ich schaute wieder hinein: alles da drinnen war in einer köstlichen, leise fiebernden Erregung; sie strengte sich an, nur auf die Worte des Schauspielers zu hören; aber jetzt – ha! – jetzt hörte sie meine Stimme dazwischen – Gott, wie das wohlthut! Wie weich das unsere Eitelkeit streichelt! – Jetzt sah sie das edel durchgeistigte Gesicht des lebensmüden Gelehrten und jetzt sah sie meine verwegene Hurrahnase – ach ja, wenn ihr *die* nicht gefällt – aber sie geht mit Freundlichkeit darüber hinweg – sie findet sie sogar ganz nett! – ach, Gott sei Dank: sie ist blind vor Liebe –

Asmodi wippte ungeduldig mit den Füßen: die Sache dauerte ihm zu lange; aber was ging das mich an!

Ah – da fielen himmelher und rein die Ostergesänge herein mit ernstem, großem Orgelton! Wie herrlich und rein das da drinnen wiederhallte; wie die ganze Seele zu klingen begann und auch nirgends ein verstocktes und verhocktes Eckchen war, das nicht andächtig miterbebte!

> »Und doch, an diesen Klang von Jugend auf gewöhnt,
> Ruft er auch jetzt zurück mich in das Leben.
> Sonst drängt sich der Himmelsliebe Kuß –«

Huiiiii – was war das! Bei dem Worte »Kuß« wirbelte alles dadrinnen durcheinander wie Milliarden von Sternen in einem rosigen Dunkel! Überrascht blickte ich auf: sie schüttelte heftig ihr Köpfchen, wie erzürnt über sich selbst, war purpurrot und starrte krampfhaft auf die Bühne.

»Nun –?« fragte Asmodi ungeduldig.

»Es wirbelt alles durcheinander,« rief ich, »ich erkenne absolut nichts mehr.«

»Ja, das versteh ich auch nicht,« erklärte er. »Was in einem verliebten Kopfe beim Gedanken an den ersten Kuß vorgeht, das weiß kein Teufel.«

Mit diesen Worten nahm er den Apparat an sich und erklärte, keine Zeit mehr zu haben. Ich fragte ihn, ob ich auch zukünftig den Apparat einmal würde haben können. Er verneinte. Auf die Dauer sei er nicht zuträglich, namentlich nicht für Liebende. »Sie dürften jetzt auch genug wissen, um den Mut zu einer Erklärung zu finden,« meinte er ironisch. Das mußte ich ja zugeben. Er ergriff meine Hand zum Abschied; ich wollte eben noch sagen: »Wenn Sie mal wieder im Buttel sitzen –,« als ich von einem leichten Schwindel ergriffen wurde. Er dauerte höchstens eine Sekunde; aber als ich wieder klar zu sehen vermochte, saß ich in meiner Loge wie zu Anfang der Vorstellung. Ich suchte mit meinem Glas ihre Loge – richtig, da saß sie. – – – – – – – – – – – – –

Gott, was hat der Goethe den Faust lang gemacht! Warum streicht denn dieser Regisseur oder Dramaturg nicht mehr!? – – –

Ich kann ihr doch auch nicht oben in der Loge mein Herz ausschütten; überhaupt – sie so brutal überfallen mit einer Liebeserklärung – sie könnte Mißachtung darin sehen und sich gekränkt fühlen. Sie weiß nicht, daß ich in ihr Köpfchen geschaut habe –und – – wenn überhaupt alles Blendwerk wäre? Zwar bin ich sicher mit Asmodi umhergegangen und habe gewiß in allerlei Köpfe geschaut; aber wer bürgt mir dafür, daß er mich nicht in puncto puncti beschwindelt hat? Ich will es ihr schonend beibringen . . .

Im Vestibül trafen wir uns. Als sie mich sah, wurde sie blaß, und dann wurde sie rot, weil sie blaß geworden war, womit man bekanntlich nichts bessert. Ich bot ihr meine Begleitung an; sie willigte ein, bemerkte aber, daß sie nur etwa fünfzig Schritt vom Theater entfernt wohne.

»Wie scheußlich!« rief ich. »Warum wohnen Sie nicht in Cuxhaven?«

Sie lachte; wir sprachen begeistert über die Ellmenreich als Gretchen; sie war besonders ergriffen von einem großen, genialen Moment in der Wahnsinnsscene, das auch mich trotz meiner Zerstreutheit mächtig gepackt hatte, und dann standen wir unter der Laterne vor ihrem Hause.

»Sie haben sich schwarz gemacht!« sagte sie lächelnd.

»Wo?«

»Auf der Nase.«

Ich versuchte vergeblich, die Spur von Asmodis Finger zu verwischen.

»Warten Sie!« rief sie eifrig, zog ihr Taschentuch hervor und wischte an meiner Nase herum – Syringen!

»So!« rief sie, »jetzt ist's fort!« Das heißt: »fort« sagte sie nicht mehr; ich hatte erst das Tuch, dann die Hand, dann ihren Arm, dann sie selbst ergriffen und sie hierauf geküßt; aber alles viel schneller, als ein gewöhnlicher Mensch sich das vorstellen kann.

Sie sagte gar nichts, aber als wir nach vielen Küssen endlich Worte fanden, duzten wir uns.

Vom Essen und Trinken.
Bekenntnisse einer schönen Seele.

Der Vegetarier wende sich schaudernd ab, und der Temperenzler verhülle weinend sein Haupt.

Denn Hammelkotelette à la Souvise und 1889er Margaux I ᵉʳ vin ich vermag ihnen nicht zu fluchen!

Ich weiß: viele Tausende meiner Kompatrioten werden höhnen über diesen Bauchmenschen, diesen Materialisten, diesen Lamettrie, der noch einmal an einer Pastete krepieren wird –! Aber wenn nur die Pastete danach ist, läßt man auch das über sich ergehen.

»Unglaublich. Seine Feder entweihen durch die Verherrlichung eines Puddings –! Ja, wißt ihr denn, was ein Pudding dem Kulturmenschen zu sein vermag?

Ich muß an einen Besuch bei Theodor Fontane denken. Wir plauderten von der Nüchternheit der Lebensführung bei den Deutschen, besonders bei den Preußen. »Wir stehen noch immer unter dem Einfluß des ersten Friedrich Wilhelm,« meinte er. »Das Bedürfnis nach Luxus ist ganz abhanden gekommen. Und wenn die Leute früher ihr Geld auch nur anlegten, ein paar hundert Ellen Seidenzeug zu einem Paar Pluderhosen zu verarbeiten – es war doch der Sinn für den Luxus da, ohne den die Kunst nicht gedeihen kann. Die Menschen von heute wissen ja nicht einmal zu unterscheiden, ob eine Speise gut oder schlecht bereitet ist. Ja – und das gehört doch auch zur Kultur!«

Seine unvergleichlich freundlichen Augen blickten dabei so leuchtend in die Ferne, daß ich junger Mensch mir Lust und Erquickung aus ihnen trank. Den Raum erfüllte jene stille, solide, behagliche Gelehrten- und Poetenvornehmheit, die uns im Goethehause so mächtig anheimelnd berührt.

Du siehst also, deutsches Volk, auch deine besten Geister kümmern sich um Essen und Trinken.

Aber Elende giebt es, die kalten Herzens sprechen: »Das Halsloch ist nur ein kleines Loch; aber es geht viel hindurch.« Findet ihr nicht, daß das ein Vorzug des Halsloches ist? Hättet ihr lieber einen

Schlund wie der Fenriswolf, dessen Oberkiefer den Himmel, dessen Unterkiefer die Erde berührt?

Ja, in einem gewissen Teile unseres Vaterlandes hört man die schnöde Weisheit: »Was auf dem Leibe ist, sehen die Leute, was im Leibe ist, sehen sie nicht.« Man begreift, wie abstoßend das auf eine innerliche Natur wie die meine wirken muß. In diesem Lande wird der Fremde mit der ernsthaftesten Miene von der Welt zum Diner eingeladen; man erweckt den Anschein, als betrachte man es als eine außerordentliche Ehre, ihn zu Tische zu haben; der ahnungslose Fremde, ein Freund von guten Speisen und Weinen, nimmt an, erscheint, hat vielleicht gar einen Frack angezogen, verlebt im Gespräch mit der Dame des Hauses eine halbe Stunde angenehmster Erwartung, lächelt wohlig, als er sich an den mit feinstem Linnen, Porzellan und Silberzeug gedeckten Tisch setzt, ißt vielleicht noch gutlaunig die indifferente Suppe – wenn er sich auch nicht recht zu erklären weiß, was die dreiviertel gefüllte Flasche Zeltinger auf dem Tisch soll – dann, beim zweiten Gang – Frikandellen à la Samstag mit etwas Gemüse – packt ihn eine bange Ahnung; als die gnädige Frau ihm zum zweitenmal die Frikandellen zumutet, dankt er verbindlich; aber die gnädige Frau bittet mit herzigem Lächeln, er möge doch zulangen, es gebe nur noch ein bißchen Käse. Aber er dankt wirklich – natürlich! – ja, ganz wirklich! Nun erst recht! Ein heftiger Kampf entbrennt in ihm. Er hat einen beträchtlichen Hunger; er äße so gern. Aber soll er diesen schönen Hunger, diesen wunderbaren, distinguierten, adligen Hunger an diesem ledernen Käse vergeuden? Er ist ein Feind aller Verschwendung. In Ermangelung von etwas Besserem schluckt er seinen Grimm hinunter.

Nichts liegt mir ferner als Partikularismus, darum will ich auch die Gegend nicht nennen. Aber sie ist gewarnt.

Es ist ja wohl möglich, daß die Gastmähler dieser Leute gar nicht so böse gemeint sind. Zum Essen und Trinken muß man wohl auch geboren werden, wie zum Dichten und Malen, oder man muß wenigstens dazu erzogen werden. Es ist nicht Weltflucht und Verachtung des Irdischen, daß diese Leute nicht essen und trinken. Für die Askese habe ich ein gewisses Verständnis; wenn man alles andere gekostet hat, muß sie köstlich schmecken. Ich verehre gewissermaßen die Askese; denn zum Asketen werd ich es niemals bringen.

Aber jene Leute verschwenden Unsummen für einen Hut, ein Baby-Jäckchen, für irgend einen Tand. Aber habt ihr jemals gesehen, mit welch haßerfüllten Blicken sie den Edlen betrachten, der seinen letzten Thaler für Austern hingiebt? (Ich nehme natürlich diejenigen aus, von denen der Edle geborgt hat.) Da kehren sie mit einem Mal die unbegrenzteste Hochachtung vor dem Mammon heraus! Sie sagen: »Wenn er sein Geld nicht für Hummern und Sekt ausgäbe, dann könnte er mit sechzig Jahren eine Rente haben!« Sehr gut – wie aber, wenn er dann keinen Hummer und Sekt mehr vertragen kann? Sechzig Jahre der Kraft, die er leben kann, soll er nicht leben, um zwanzig Jährlein des Alters zu leben, die er nicht leben kann, als etwa bei Milch und Kinderzwieback? Seht da eure Weisheit! Sie ist nicht mehr wert, als nach einem guten Essen zerpflückt zu werden wie diese Apfelsinenschale!

Und hat man einmal gehört, mit welcher inbrünstigen Verehrung diese Leute von einem zehnfachen Millionär sprechen, der »so einfach lebe wie ein Scheerenschleifer und sich des Mittags an einem Teller Erbsensuppe mit Speck genügen lasse?« Ei, ein zehnfaches Kreuzmillionendonnerwetter soll ja diesem Daseinschinder in Kragen und Magen fahren! Wenn *wir* schon die Royal Whitstable Natives nicht essen können, dann soll wenigstens *er* sie essen! Das ist sein Beruf, seine Standespflicht, seine Mission! Das Recht, sich von Erbsensuppe und Eisbein zu ernähren, kann höchstens durch schrankenlose Wohlthätigkeit erworben werden. Wenn der einfach-zehnfache Millionär mit vollen Händen an Leidende und Bedürftige giebt, dann wollen wir ihm seine Erbsen gestatten und für ihn die Whitstable Natives essen. Denn die Whitstable Natives sind etwas, das gegessen werden muß.

Und noch eines sage ich euch: Gold und Perlen machen den Menschen eitel und hochmütig; aber Rehsteak mit Maccaroni und Fleur de Chablis stimmen ihn großmütig und liebevoll, er sei denn ein öder Fresser und also das größte unter den Tieren und solcher Gaben im innersten nicht wert.

In einer anderen Gegend unseres Vaterlandes herrscht nun wieder das ausgedehnteste Raffinement im Essen. Man studiert dort seit Jahrtausenden mit besonderer Vorliebe das Kalb. Welch ausgesuchte Gourmandise liegt in dieser Konzentration! Wie viele Teile eigentlich ein Kalb hat, das soll man nur in jener Gegend erfahren können. Auf einer Speisekarte sieht man dort sämtliche Teile des Kalbes verzeichnet, mit Ausnahme des Strickes, an dem es zur Schlachtbank geführt wurde. Dabei sind all diese Kalbsgerichte mit einer Zartheit zubereitet, daß sie doch wieder etwas merkwürdig Übereinstimmendes haben und nur der Eingeborene den Unterschied zwischen Kalbshaxen und Kalbsnierenbraten herausfindet. Mit Anbruch des nächsten Jahrhunderts will man, wie ich höre, zum Studium eines neuen Tieres übergehen.

Wie gesagt, ich bin nichts weniger als Partikularist und will nicht hetzen. Sonst –

Wieder in einem anderen Teile Deutschlands herrscht schrankenlose Üppigkeit. Was unsereiner nur als Beigabe zum Fleisch sich gönnt, das vergeudet man dort als Hauptnahrungsmittel: den Salat, das Kraut. Ich bin gewiß kein Knicker; aber sinnlose Verschwendung ist mir ein Greuel. Dergleichen kann sich ein Nebukadnezar leisten, aber nicht ein einfacher Mensch. Den Haupthunger zu stillen, genügt durchaus etwas zarter Rehrücken oder etwas Ente, und will und kann man sich dann noch ein übriges leisten, so gestatte man sich etwas Salat oder Kraut. Keinenfalls aber beides.

Ich bin stolz darauf, einem Stamme anzugehören, der sich einst nicht unwirksam gegen die Feinde des Landes verteidigte durch seine Kost. Alte Leute, die noch die Franzosenzeit erlebt haben, wissen von manchem Franzmann zu erzählen, der im Chausseegraben an den von der Bevölkerung ihm eingeflößten Mehlbomben verendete. Was der Kloß nicht ereilte, das vernichtete der Pfannkuchen.

Sollte ich nun dadurch, daß ich in vorstehendem gewisse Speisen mit einer gewissen Hochachtung, andere wieder mit einer Art Geringschätzung erwähnte, bei dem geneigten Leser den Anschein erweckt haben, daß ich im Essen einseitig, parteiisch, ungerecht und unduldsam wäre, so will ich bemerken, daß ich in keinen mir peinlicheren Verdacht geraten könnte. Gewiß: wie ich den »Faust« um seiner großen Idee und um seiner großen Ideen willen unter den Kunstwerken höher stelle als das vollendetste Stimmungsgedicht, so bewundere ich ein delikates Roastbeef mehr als ein delikates Schweineohr; aber damit soll gewiß nicht gesagt sein, daß ich einem solchen Ohr nicht mit Wohlwollen begegnete! In der Kunst kommt es doch in erster Linie auf das Wie und erst in zweiter Linie auf das Was an! Ich kann dieses beschränkte, intolerante Generalisieren nicht leiden, dieses verächtliche »Pah, ein Kalbshirn!« oder »Pah, ein Symbolist!« Es kommt doch immer auf das einzelne Hirn an. Ihr müßt im Ochsen wie im Hammel mit Liebe das Individuum suchen! Das ist außerdem noch modern. Ich kann euch nur raten, meine Brüder und Schwestern: seid duldsam im Stoff, aber unerbittlich in der Qualität. Suaviter in re, fortiter in modo. Durch Einseitigkeit in euren Menus beraubt ihr euch zahlloser Freuden. Nur das versteh ich, wenn ihr Madeirasauce mit den gräßlichsten Verwünschungen von euch weist und die Gattin, die sie euch vorsetzt, samt ihrer Brut hinausstoßt ins Elend. Nein, bitte: ich lehne jede Debatte ab; Madeirasauce ist für mich nicht diskutierbar. Ich weiß nicht, wer sie erfunden hat, vermutlich irgend ein Caracalla oder Heliogabal oder sonst ein rücksichtsloser Fleischergeselle. Das ist mir auch einerlei: was im Essen und Trinken der Geschichte angehört, interessiert mich nicht mehr. Aber wer sie auch erfunden hat, er verdiente sie zu essen.

Essen und Trinken sind gesellige Thätigkeiten. Essen und Trinken sind etwas so Köstliches, daß der edle Mensch sie nicht allein genießen mag. Es ist ja auch schwer zu sagen, was größer ist: die Freude, daß es einem selbst schmeckt, oder die Freude, zu sehen, daß es den anderen schmeckt, die noch besonders groß ist, wenn jene anderen an unserem eigenen Tische sitzen. Ich wenigstens habe kein Verständnis für den einsamen Esser und für den »stillen Suff«; vielleicht ist hier die Grenze meiner Begabung. Man muß doch beim Essen jemand haben, den man begeistert anflehen kann: »Nehmen Sie 'mal von dieser Seite des Bratens!« man muß doch beim Trinken – wenn anders es einem ernst ist ums Trinken – jemand haben, den man nachher umarmen kann! Ich weiß ja, daß man beim einsamen Trinken – das ich natürlich auch versucht habe – in einen Abgrund voll purpurner Träume versinken, mit leicht aufgestützten Fingerspitzen sich über die Milchstraße schwingen kann wie über einen Gartenzaun; aber danach muß man doch jemand haben, den man furchtbar auf die Schulter haut mit den Worten: »Verdammt, Kerl, ich hab eben ein wundervolles Gedicht konzipiert!« und mit dem man dann auf das neue Werk eine neue Flasche trinkt! Zuweilen muß man ja allein essen; dann hilft man sich wohl, indem man zum Essen liest. Aber das ist ein schwacher Notbehelf. Entweder die Lektüre ist schlechter als das Essen, dann verfehlt sie ihren Zweck, oder sie ist besser: dann verdirbt das Essen, oder endlich beide sind gleich gut: dann entsteht ein qualvoller Zwiespalt. Mit der mündlichen Unterhaltung ist das anders, da wird nicht so massenhaft und nicht in so konzentrierter Form Geist produziert, daß man nicht sehr gut dabei essen könnte. Der gebildete Esser wird bei der Wahl seiner Tischgesellschaft ebenso energisch jene Leute vermeiden, die »zur Unterhaltung« sämtliche Uniformen und Abzeichen aller in- und ausländischen Truppengattungen beschreiben und darauf Rebusse aus Streichhölzern legen, wie diejenigen, die durchaus vor dem Fruchteis, jedenfalls aber noch vor dem Käse die Natur des »Dinges an sich« festgestellt wissen wollen.

Freilich: weit energischer als die einsamen Diners wird der essende und trinkende Kulturmensch die Massendiners von sich weisen, ganz besonders solche, die unter dem Präsidium hoher Persönlichkeiten stattfinden. Mit solchen Leuten ist schlecht Kirschen essen, weil sie es oft nicht bis zu den Früchten kommen lassen. Sie, für die das Diner zu den allergewöhnlichsten und alltäglichsten Regierungshandlungen gehört, heben nicht selten schon vor dem Käse die Tafel auf, und das verträgt ein Nervenmensch einfach nicht. Ich schweige ganz davon, daß ein Esser von Gefühl sich einen vornehm sarkastischen Roquefort, einen mondlichtweichen Gervais, einen gemütstiefen Holländer, einen hingebend pikanten Camembert nur mit bitterem Weh aus dem Herzen reißt. Es ist ja nicht um den Käse; es ist das marternde Gefühl, daß dieses Diner ewig ein Torso bleiben, daß es nie ein vollendetes, abgerundetes, langsam ausklingendes Kunstwerk sein wird. Es ist eine brutal zerrissene Musik, die eben alle Sinne weich umsponnen hatte, als jemand eine aufgeblasene Tüte mit der Faust zerknallte. Gefühlvoller Leser, du weißt aus deiner Kindheit, wie es thut, wenn man ein ganzes Pfund Kirschen verzehrt hat und nun die allerletzte in den Schmutz fällt. Du hättest gern die Hälfte der Kirschen verschenkt; aber die letzte, die du langsam in deinen Sinnen vergehen lassen wolltest wie die letzte Minute eines zugemessenen Glückes: sie durfte dir nicht genommen werden. Nun schmeckte dir nachträglich das ganze Pfund nicht mehr; denn auf deiner Zunge, in deinem Herzen blieb eine unaufgelöste Dissonanz. Ich wenigstens liebte schon als Knabe die abgerundeten Mahlzeiten und die Dramen mit Schluß.

Ich empfehle auf das wärmste die Diners im engen Familienkreise. Schon um ihretwillen lohnt sich das Heiraten. Denke dir z. B. einen Sonntagnachmittag im Sommer; die Fenster sind offen; die Sonne blickt herein und liest mit behaglichem Schmunzeln und mit mütterlichem Stolz auf einer Flasche das Wort »Liebfrauenmilch«, neben dir sitzt die liebe Frau deines Hauses, vom obersten Haarlöckchen bis zum äußersten Schuhspitzchen appetitlich zum Einbeißen, und um den Tisch herum sitzen dann noch fünf, sechs, sieben oder mehr Kinder, mit lüstern geöffneten Mäulern nach der Fruchtschale schielend; denn ihnen ist das ganze Diner eine etwas umständliche Vorbereitung auf Kirschen und Erdbeeren. Du bist in einem fortwährenden pädagogischen Konflikt: läßt du sie reden, so verstehst du bald vor Lärm den Gänsebraten nicht mehr; verbietest du ihnen den Mund – ja, wer mag an seinem Tisch auf das Geplauder von Kindern verzichten; bei Tische haben sie ja die produktivsten Einfälle. Also beschränkt man sich auf ein periodisch wiederholtes Donnerwort: »Jetzt haltet aber den Schnabel und eßt, sonst kriegt ihr keine Schneebälle!«

»Hurraaa, heut giebt's Schneebälle!« Du hast damit nur einen größeren Lärm entfacht und mußt noch diverse gerührte Umarmungen und Küsse über dich ergehen lassen. Du beruhigst sie endlich, indem du jedes an deinem Glase nippen läßt; sie erklären alle mit heuchlerisch verdrehten Augen, es schmecke prachtvoll, obwohl es feststeht, daß ihren Kinderzünglein diese milde Milch Unserer lieben Frauen noch viel zu herbe ist und sie sich mit Arm und Bein dagegen wehren würden, wenn sie sie trinken *sollten*. Du zerlegst den Braten, willst deiner Frau das allerschönste Stück auf den Teller legen; sie erklärt auf das entschiedenste, daß du es essen müßtest, ein Streit, der immer mit einem Siege der Frau endet, weshalb es dir auch so leicht wird, ihr das beste Stück anzubieten. Du trinkst dann mit deiner Frau auf irgend etwas Schönes und Heiliges, das Kinder noch nicht verstehen, und teilst endlich die Schneebälle und Kirschen aus, wie ein König Provinzen verteilt, und mit einem Male klingt dir in den Ohren ein leiser, friedevoller Mozart.

»Wie sehr lach ich die Großen aus,
Die Blutvergießer, Helden, Prinzen.
Denn mich beglückt ein kleines Haus,
Sie nicht einmal Provinzen.«

Wenn die Worte auch nicht so ganz zu deiner Seele stimmen – die Musik stimmt. Und wenn du auch einer bist, der an Werkeltagen nötigenfalls seine Feinde beim Kragen nimmt und mit den Köpfen zusammenschlägt und der an Sonntagen mit leuchtendem Trotz in den Augen denkt, daß er sich diese süßen Minuten erkämpfen mußte – wenn du all das weichmäulige, ahnungslose Glück um dich herumlungern siehst, dann merkst du dummer Kerl doch, daß dir vor lauter Freude die Augen feucht werden, entsinnst dich aber noch rechtzeitig, daß Sentimentalität auch mitunter eine Folge von Hummerragout und Liebfrauenmilch sein kann. Und wenn du dich aufs Ruhebett gestreckt hast und deine traumberauschte Seele zwischen Schlaf und Leben schwankt, dann spürst du noch auf deinem Mund den reinen Kuß deines Jüngsten, die letzte, ambrosische Speise von diesem Sonntagsmahl am Tisch des Lebens.

Aber ein echter Mensch darf nicht in Haus und Familie versimpeln, und darum soll er des öfteren auch im Freundeskreise essen und trinken. Ein Lebenskünstler hat gesagt, eine rechte Tischgesellschaft dürfe nicht unter der Zahl der Grazien bleiben und die Zahl der Musen nicht überschreiten. Ein feines Wort. Denn bei weniger als dreien erhält sich nur schwer die leichte Beweglichkeit der Unterhaltung, der anmutig wechselnde Reigen der Gedanken; bei mehr als neunen legt sich gar zu leicht der Druck der Masse auf den Einzelnen und macht seine Produktivität befangen. Nicht, daß es nicht auch einmal zehn sein dürften; wenn z. B. der Zehnte ein Musaget ist, so wird man nicht engherzig sein. Natürlich heißt das alles nicht, daß man als alleinstehender Herr mit neun Damen speisen soll; drei, vier, fünf Damen und ebenso viele Herren, lauter frohe und treue, eß- und trinkbare Gemüter, in einem Cabinet particulier zusammen: diese Vorstellung wird immer eine gewisse Macht über mich besitzen, wenn auch auf der anderen Seite die Tugend steht und mir mit einem Bündel Mohrrüben winkt. Natürlich hat auch ein Diner oder Souper unter lauter Herren seinen Reiz; das Menu wird dann eben etwas anders. Wenn die Herzen und Geister einer Gesellschaft gut zu einander abgestimmt sind, wird schnell ein schöner Zusammenklang da sein. Freilich: wenn es das Unglück durchaus will, kann auch ein solches Symposion ledern verlaufen. Der deutsche Geist hat zuweilen seine trotzigen Nücken und weigert sich dann wohl einen ganzen Abend lang mit verstockter, boshafter Freude, irgend etwas herzugeben. Er hat Stunden und Tage der Lethargie, die nur um so größer wird, je mehr man sie zu bannen sucht. Der deutsche Genius muß seinen guten Tag haben. Einen solchen guten Tag kann man ihm aber in der Regel verschaffen, wenn man ihm etwas Gutes zu trinken giebt. Darum ist es empfehlenswert, gleich zu Anfang eines Mahles mehrfach einen guten Schluck zu nehmen. »Jawohl,« rufen die Abstinenzler mit der ihnen eigentümlichen Lieblosigkeit, »die Herrschaften müssen sich eben ihren ›Geist‹ erst vom Alkohol leihen!« Bitte, meine Verehrtesten, Leute wie wir sind nicht um Geist verlegen in der Stille unseres Arbeitszimmers, wo wir Zeit haben. Aber in munterer Gesellschaft kann man nicht sagen: »Ach bitte, warten Sie einen Augenblick, mir wird schon eine schlagende Antwort einfallen.« Der Deutsche ist nicht eigentlich schlagfertig Er gibt die wunderbarsten, humorvollsten und tiefsten Antworten von der Welt, wenn man ihm zehn Minuten Zeit läßt. Eben darum ward ihm der Hochheimer zum Gehilfen gegeben.

Wenn auch reine Herrengesellschaften ihren unzweifelhaften Reiz haben, weil in ihnen jener Witz zu unverkürztem Rechte kommt, der nach rein geistigem und nicht nach moralischem Maße geschätzt wird, so wird doch der feiner organisierte Mann die Geselligkeit mit Frauen immer noch höher schätzen. Solchen Männern macht es Freude, dergleichen Racker von Tieren zu bändigen wie die bête masculine. Es fällt ihnen nicht schwer, auch in Gegenwart von Frauen lustig und unterhaltend zu sein. Vielmehr: der geheimnisvolle Gegensatz der Geschlechter regt sie an; denn so lange wir jung sind, wollen wir gefallen. Voraussetzung bei dem allen ist, daß die Frauen gescheit, liebenswürdig und nicht prüde sind.

Nur nach Beendigung der Mahlzeit bin ich sehr für eine halbstündige Trennung der Geschlechter. Wenn auch der menschliche Esser niemals so viel ißt, daß er nicht sehr gut und ohne Schaden noch etwas zu sich nehmen könnte, vielmehr schon das allereinfachste Raffinement ihm gebietet, weniger und dafür öfter zu essen, er sich auch für etwaige Eventualitäten immer eine Möglichkeit, ihnen gerecht zu werden, offen lassen wird, so – jetzt kommt der Nachsatz – ist doch die Zeit unmittelbar nach dem Essen wenig geeignet zu eleganten oder heroischen Attitüden des Körpers oder Geistes. Man verdaut nicht gut in der Stellung des belvederischen Apoll oder des gigantenbekämpfenden Zeus von Pergamon. Nach dem Essen sollst du ruh'n – das andere ist Unsinn in körperlicher wie geistiger Beziehung. Darum sorge ein guter Arrangeur für die nötige Anzahl bequemer Fauteuils. In solchem Sessel sitzend, nimmt man dann den Kaffee und einen Cognac oder einen Chartreuse oder einen Benediktiner oder dergleichen in kleinen Schlücken zu sich. Zum Liqueur gibt man kurze, konzentrierte Epigramme, zum Kaffee ein paar behagliche, aber gefälligst gleichwohl pointierte Anekdoten.

Und dann die Cigarre. Ja – was soll ich euch darüber sagen. Hier erlahmt meine Kraft. Es ist von ernsten Männern behauptet worden, ein Diner – auch das reichste und schönste – habe nur einen Sinn als Vorbereitung auf die nachfolgende Cigarre. Der geneigte Leser wird bei unbefangener Prüfung zugeben, daß ich Essen und Trinken keineswegs gering achte; aber wenn man jene Behauptung mit Ernst und Gründlichkeit vor mir vertreten würde – ich weiß nicht, ob ich ihr nicht beifallen müßte. Die Cigarre macht den Strich unter das Diner und zieht die Summe. Aber in ihrem Rauch sind die konsistenten Freuden des Mahles aufgelöst in duftende Träume; der biderbe Wildschweinsbraten hat seine Erdenschwere verloren und steigt als ein silbernes Wölkchen selig empor; die Geister des Weines hüllen sich neckisch in verwehende, aromatische Schleier, werfen sie wieder ab und tanzen mit leisem Wiegen und Drehen an uns vorüber. Nun speist eigentlich erst der intimere Mensch in uns; das innerste, scheueste Ich, das am Tage sich verborgen hält und dem das Feste und Flüssige zu brutal war, kommt an die Oberfläche und saugt sich mit gierigen Nüstern Nahrung und Wohlgeschmack aus Erinnerungen.

Nach solch einer halben Stunde kehrt man in das gemeinsame Zimmer zurück, wo man schon von einer tiefgründigen und milden Bowle erwartet wird. Solch eine Bowle hat ihre großen Vorzüge vor dem Einzeltrinken aus Flaschen – abgesehen vom Stoff natürlich –

sie gewährt einen Mittelpunkt, der die Blicke und die zerflatternden Geister immer wieder anzieht wie eine einsame Blume die Schmetterlinge; sie bildet für die Gesellschaft gleichsam ein centrales Heiligtum. Das Trinken, dem während des Diners natürlich durch das Essen Abbruch geschah, kommt jetzt zu seinem vollen Rechte. Wenn nun ein echter Dichter unter der Gesellschaft ist und er hat ein Manuskript und dieses Manuskript ist kurz und gut, so darf er damit herausrücken. Und wenn ein echter Musiker da ist, so darf er ein wenig spielen oder singen. Ich gebe diese Erlaubnis nur unter den schwersten Bedenken; denn ich weiß, fünfundneunzig Prozent meiner Leser werden nun wieder statt der Diners mit Kunstgenüssen Konzerte und Vorlesungen mit kleinen scherzhaften Erfrischungen veranstalten. Ich sage nicht, daß die Kunstgenüsse »nur zur Abwechselung« da sein sollen; einer solchen Brutalität bin ich nicht fähig. Nein, es soll ein richtiges Gleichgewicht sein zwischen Sinnlichem und Geistigem. Denn was mit irgend vernünftigem Grunde Mensch heißt, das mag nicht allein sinnlich genießen, es habe denn bei fünfundzwanzig Grad Réaumur eine fünfstündige Felddienstübung gemacht, in welchem Falle es beim Vertilgen der ersten zwei Liter Bier und der ersten vier Würste nicht die idealen Obertöne vernimmt. Aber zu jenem Gleichgewicht genügen auch ein paar Lieder oder ein kurzes Novellchen. Denn ein ganz, ganz kleines, echtes Kunstwerkchen wiegt schon das teuerste Diner mit zehn Gängen und ebenso vielen Weinen auf. Das schreibe ich für die Protzen. Die lesen mich zwar nicht, aber man muß dennoch etwas für ihre Bildung zu thun versuchen.

Wenn die angelische Stimme der Kunst hineinklingt in den Gesang eurer Gläser, dann werdet ihr mit stillen Blicken einander sagen: Brüder und Schwestern, wie glücklich sind wir! Wir dürfen mit sicherem Behagen von den Gütern des Lebens verschwenden; denn unerschöpfliche Reichtümer der Freude ruhen ja noch in den Kornkammern unserer Seele!

Und über Schüsseln und Becher hinaus klingt jene Stimme, wenn du nun nach Hause gehst oder fährst, alle Nerven und Sinne wohlig erregt. Am schönsten, wenn du unter sternenklarem Himmel dahinfährst. Du möchtest hinausspringen und den Wagen ziehen, um nur arbeiten zu können; du möchtest den Schlaf verschmähen, um nur gleich an eines der sieben Werke zu gehen, die dir im Busen schwellen. Du gehst dann in der Regel doch schlafen, weil eine unerwarte-te Müdigkeit eintritt. Aber am Morgen siehst du dein Tagewerk mit sonnigen Augen an. O Arbeit nach dem Genuß – welch ein Genuß bist du!

Und du, fauler Schlemmer, der du nun unter Berufung auf mich hingehen möchtest, um dein Leben in Diners, Soupers und Dejeuners einzuteilen, du bist schön dumm, wenn du mir glaubst, was ich geschrieben habe. Für dich ist das alles Lug und Wind. Ich leugne nicht, daß Wein und Austern dir schmecken können. Aber ewig vergeblich suchst du an den Whitstable Natives die salzige Frische des Meeres, wie uns sie erquickt, und niemals erscheint deinem Auge, wie wir sie gesehen, die süßduftende, weiße Blume von Chablis.

Ernsthafte Predigt vom Commersieren.

Motto:
Solche Brüder müssen wir haben,
Die versaufen, was sie haben.

Liebe Brüder.

Es sind einige unter euch in Briefen wider mich aufgestanden mit beweglichen Klagen, daß ich in meiner tiefgründigen Abhandlung »Vom Essen und Trinken« das Essen bevorzugt und das Trinken vernachlässigt hätte. Das Essen nehme einen viel zu breiten Raum ein im Vergleich zum Trinken &c. &c. Noch täglich laufen neue Briefe ein; wohl selten hat eine Frage unser Volk so in seinen Tiefen aufgewühlt wie diese.

Leider haben es sich dabei einige der Briefschreiber nicht versagen zu müssen geglaubt, über das Essen im allgemeinen verächtlich zu urteilen und dem Trinken unvergleichlich edlere Eigenschaften zuzusprechen. Ich habe beim Lesen solcher Briefe im stillen auf ein Stadium geschlossen, in dem der Appetit auf feste Substanzen bereits für immer geschwunden zu sein pflegt; aber ich behalte das für mich. Die Sache ist zu ernst, um nicht alles persönlich Verletzende von ihr fernzuhalten.

Aber beklagenswert bleibt es, daß man dergleichen unduldsame Meinungen nicht zurückgehalten hat. Schlaraffenland ist ein paritätischer Staat und soll es, so denke ich, bleiben. Man soll es sich dreimal überlegen, ehe man an seiner Verfassung rüttelt. In einem gesunden Staatskörper wird die feste Nahrung immer die geeignetste Grundlage bilden für alle trunkhaften Bestrebungen.

Es ist richtig, daß Pharao den Mundschenk begnadigte und den Bäcker hängen ließ. Aber es ist voreilig, daraus nun Schlüsse für das Trinken und gegen das Essen zu ziehen. Hier handelte es sich eben um einen Bäcker, also um Brot und Kuchen, und daß diese viel zu viel Mehl enthalten, hat noch kein anständiger Mensch bestritten. Aber die Aufknüpfung des Bäckers beweist nicht das Geringste gegen Roastbeef, Rehrücken, Ente, Hummer, Kaviar &c. &c. &c. – &c.

Liebe Brüder, man soll das Eine thun und das Andere nicht lassen. Zwischen Rehrücken und Rotspohn sitzen: das nenn' ich goldene Mitte. Ich hoffe euch davon zu überzeugen, daß mir die Reize der besseren Feuchtigkeit nicht fremd sind.

Was den gegen mich erhobenen Vorwurf betrifft, so muß ich doch zunächst bemerken, daß ich die Freuden des stillen Suffs sehr objektiv gewürdigt und mich der dampfenden Bowle en petit comité wie immer wärmstens angenommen habe. Aber ich gebe zu, daß ich den eigentlichen, geregelten Kultus der Getränke mit seinem tiefsinnigen und ehrwürdigen Ritual, daß ich das planvolle, bis zur Bewußtlosigkeit zielbewußte Massentrinken, den Kommers, leider übergangen habe. Wer beides, Essen und Trinken, in *einer* Abhandlung bewältigen will, wird immer eines von beiden vernachlässigen müssen. Dazu ist der Stoff zu weitschichtig, seine Anordnung zu schwierig, die Konzeption zu kühn.

Wenn ich übrigens den Kommers soeben als ein Massentrinken bezeichnet habe, so ist das ganz subjektiv gemeint, d. h. ich betrachte die Masse als Subjekt des Comments. Versteht man unter der Masse das Objekt, so wird im Verlaufe des Kommerses das Objekt zum Subjekt und das Subjekt zum Objekt, wie dann überhaupt so viele Dinge, z. B. die Viehbub und der Saumagd und der Viehmagd und die Saubub, miteinander vertauscht zu werden pflegen. Ich weiß nicht, ob das klar ist. Wem es nicht klar ist, der betrachte es als den philosophischen Teil meiner Ausführungen.

In die gemeine Bierdeutlichkeit übersetzt, soll das aber heißen, daß der Mensch sich nicht um jeden Preis besaufen soll. Ich bitte wohl zu bemerken: ich sage *nicht*, daß er sich nicht besaufen soll; ich möchte hier um alles nicht mißverstanden werden; er soll es nur nicht um *jeden Preis* thun. (Ich denke bei »Preis« nicht an Geld; denn erstens ist das Qualitative immer selbstverständlich, und zweitens würde ich dann » *für* jeden Preis« sagen.) Aus den Burschen, die mit der Vertilgung von 20 Seideln protzen und in jedem, der es nur auf 19 gebracht hat, einen fluchwürdigen Jämmerling sehen, werden nachher nur allzu oft jene Bürschchen, die aus dem Überschwang der Jugend nichts gerettet haben als Tugend und einen Magenkatarrh. Der Mensch soll trinken, weil es ihm *schmeckt*, darum führt er den Ehrennamen »der schmeckende Mensch«, homo sapiens. Wem es aber so gut schmeckt, daß er mit der unschuldsvollen, ahnungslosen Seligkeit des Säuglings die Grenze der Mäßigkeit überschreitet, für den werde ich immer ein sehr mildes Urteil bereit haben. Überhaupt diese Grenze der Mäßigkeit – ich weiß nicht – es ist etwas so Merkwürdiges um diese Grenze. Wenn man noch weit von ihr entfernt ist, sieht man sie sehr scharf; hat man sie aber erreicht, so sieht man sie nicht mehr. Es ist eine heimtückische, infame, eine ganz famose Grenze.

Ein Institut wie der Kommers mußte im Laufe der Zeiten seine Feinde finden, das ist klar. Dazu ist die Sache zu gut. Soweit sich diese Feindschaft gegen rohe Trinksitten richtet, ist sie mir recht. Es alteriert mich, wenn ein Kneipant keinen Bierjungen trinken kann, ohne daß es ihm zu beiden Seiten wieder zum Maul herausläuft; denn erstens ist »Bluten« nach dem Comment strafbar, also unsittlich, zweitens ist es für ein Herz, das die Gaben der Natur mit dankbarer Liebe verehrt, eine betrübende Stoffvergeudung, und drittens sieht es scheußlich aus. Wer einen mäßigen Bierjungen noch nicht mit lässiger Eleganz bewältigen kann, der soll zu Hause, wo ihn niemand sieht, täglich einige Stunden daran wenden und es üben. Die kleine Mühe lohnt sich immer.

Anders steht es mit einer anderen Art von Feindschaft. Um von ihr sprechen zu können, muß ich meinen Lesern leider eine gewisse Sorte von Menschen ins Gedächtnis zurückrufen. Ich habe einen Freund – d. h. er versteift sich merkwürdigerweise darauf, daß ich ihn so nenne – wenn ich zu dem sage: »Kerl! Mordbube, du hast ja die ›Maine‹ in die Lust gesprengt!« so verneint er mit tiefem Erstaunen und beginnt, mir ausführlich sein Alibi nachzuweisen. Wenn es draußen gleichzeitig stürmt, hagelt, regnet und schneit, so daß sämtliche Regenschirme sich mit emporgeworfenen Armen gegen ihre Bestimmung sträuben und die Luft von aufgewehten Damenhüten erfüllt ist, und ich dann zu ihm sage: »Prachtvolles Wetter, was?« so erklärt er mit erfrischender Energie, daß er das Wetter durchaus nicht schön finde, im Gegenteil: schlecht. Der Mann ist nicht etwa in gewöhnlichem Sinne dumm; er hat vieles gelernt und ist in seinem Berufe tüchtig; seine Dummheit ist eben eine ganz außergewöhnliche. Soweit ich ihn bis jetzt vorgeführt habe, ist er ja auch, in ganz kleinen Dosen genommen, ganz amusant. Aber wenn man im »Sommernachtstraum« neben ihm sitzt und die Handwerker mit dem kindlich-souveränen, großäugigen Shakespearehumor ihr Schauspiel aufführen, so stößt er mit dumpfem Ingrimm das Wort »Blech!« von sich. Wenn man ihm ein Grimmsches Märchen vorliest und er hört von der Madame Pabst, die eine goldene Krone aufhatte, »die war drei Ellen hoch«, so stöhnt er aus gekränktem Herzen das Wort »Unsinn«, und wenn ich mich mit einem anderen Freunde, einem *ganz* anderen, an einem köstlichen Büchlein ergötze, das lauter Verse à la Friederike Kempner enthält und die Erhabenheit des Blödsinns mit tausend Zungen predigt, wenn wir thränenden Blickes schwelgen im deliziösesten Nonsens, so vermag er »einfach nicht zu begreifen«, wie man am Lesen solcher schlechten Gedichte Gefallen finden könne. Die schöne Zeit solle man lieber darauf verwenden, Goethe und andere, *wirkliche* Dichter zu lesen &c. &c.

Ich denke, daß meine Leser sich jetzt den Typus vorstellen können, den mein »Freund« repräsentiert. Stellen wir ihn wieder weg.

Wenn Deutschland eine vollständige Autokratie und ich der Autokrat wäre: *diese* Leute würde ich auf Staatskosten vergiften lassen. Denn die Monomanie der Vernünftigkeit, diese traurigste Untergattung der Halbidiotie, ist mehr, als ein normaler Mensch vertragen kann und sich gefallen zu lassen braucht. Man schimpft so oft auf die Raubmörder und ich gebe zu: mit einem gewissen Recht. Aber ein Raubmörder thut doch wenigstens mal etwas Unvernünftiges und trägt auf diese Weise sein redliches Teil zur Bewegung bei, die die *höchste* Vernunft ist und ohne die die Welt nicht bestehen könnte. Die »düsteren Bestien« der unentwegten Vernünftigkeit würden die Erdachse senkrecht zur Ekliptik stellen, um den rechten Winkel herauszukriegen und der ewigen Zappelei mit den Jahreszeiten ein Ende zu machen. Gottfried August Bürger, den ich so sehr liebe, ich weihe dir ein großes, stilles Glas, weil du aus warmblutendem Herzen aufschrieest gegen die »kalten Vernünftler«.

Diese ungesalzenen Heringsseelen, diese frostigen Zeloten der blöden Ernsthaftigkeit, diese wirklichen Nüchterlinge der korrekten Richtigkeit und richtigen Korrektlinge der nüchternen Wirklichkeit sehen im Kommersieren und im Kneipstaat ein schädliches und albernes Institut; die kindliche Freude des Kneipanten ist ihnen kindisch und läppisch, und sie finden abgeschmackt die weisheitsvollen Gesetze des Kneipcomments, die, »was in schwankender Erscheinung lebt, befestigen mit dauernden Gedanken«. O meine Brüder! Nicht um diese seriösen Linealschlucker zu überzeugen, was nimmer ein Sterblicher je vermöchte, nein, um uns selbst zu stärken im Glauben an den alleinseligmachenden Comment und in allen guten Werken der Saufbrüderlichkeit, wollen wir betrachtend immer tiefer uns versenken »in den Reichtum, in die Pracht« der edlen Trinkerweisheit!

Welche Fülle realpolitischen Verstandes liegt schon in der Konstitution dieses Bierstaates!

>»Wer am besten saufen kann, ist König,
Bischof, wer die meisten Mädchen küßt.
Wer da kneipt recht brav,
Heißt bei uns »Herr Graf«,
Wer da randaliert, wird Polizist.«

Es ist gleichsam etwas Serbisch-Bulgarisches in dieser Verfassung und Gesellschaftsordnung. Und wie klug ist die Strenge jener Gesetze über Biergericht und Bierskandal, Vor- und Nachtrinken und ex pleno-Bieten &c. &c.; mit welcher Sicherheit und Schwere trifft sie den gefährlichsten Feind des Bierstaates, den unheimlichen »Knacker« und »Glasbeißer«, der sich der allgemeinen Trinkpflicht tückisch entziehen möchte! Den modernen Rechtsstaat erkennt man bekanntlich daran, daß in seinen Bezirken möglichst viel und kräftig verdonnert wird. So auch den Bierstaat. Ein eifriger Bursch oder gar Präside oder Bierrichter wird immer Gelegenheit finden, einen Kneipanten mit strengster Gerechtigkeit und Unparteilichkeit zu verknurren, und wenn der Verknurrte das kostspielige Rechtsmittel der Berufung ergreift, so ist das im Interesse der Hebung des Konsums natürlich nur mit wilder Freude zu begrüßen. Wer den Strapazen dieses Rechtsstaates nicht gewachsen ist, der muß sich eben rechtzeitig weinend aus diesem Bund stehlen. Nur er, den das allgemeine Vertrauen zum Lenker des Staatsschiffs berufen hat und den das Gefühl von der Erhabenheit seines Herrscherberufs und von der Infallibilität seiner Entscheidungen erheben darf, er, der Präside, muß als der widerstandsfähigste Schiffer auf seinem Posten ausharren können, muß trotz Nacht und Nebel, trotz Auf- und Abstoßen und trotz allem Schwanken des Fahrzeugs und aller Seekrankheit sein Schiff zu den sonnigen Gestaden der Fidulitas lenken, muß auch das sinkende Schiff als Letzter verlassen, und bliebe ihm schließlich nichts zum Umklammern als eine frischgeteerte Planke. Daß ein solcher Mann mit weitgehender Macht und Autorität ausgestattet sein muß, ist klar. Mit einer über alle subversiven, zentrifugalen und anulkenden Tendenzen erhabenen Schneidigkeit muß er die Zügel straff halten können und in ernsten Augenblicken den Mut zum skrupellosen Blödsinn besitzen. Er muß Tempo und Rhythmus des Festes angeben, wie er Tempo und Rhythmus der Gesänge (eine eminent wichtige Sache!) bei aller Nachsicht gegen Melodie und Tonart mit wachsamer Strenge bestimmt.

Der Gesang! Er ist die Blüte des Kommerses und offenbart also seine höchsten Schönheiten. Ich müßte ja ein Werk schreiben von der Dicke des »großen Meyer«, wollte ich das Thema »Die Studentenseele im Lied« auch nur achtelwegs erschöpfen. Welch ein sanguinischer Optimismus in dem herrlichen Refrain

>>O Rothschild, Rothschild,
Rothschild, schick Geld, schick Geld!<<

Es fällt Rothschild ja gar nicht ein, Geld zu schicken; aber das macht diese gläubige Bitte ja noch rührender. Welch hinreißende Beweisführung in den Versen

>>Bums vallera, die Welt, die Welt ist wunderschön,
Bums vallera, die Welt ist wunderschön!<<

In sechs Worten ist hier eigentlich alles gesagt; das »Bums vallera« ersetzt den ganzen Leibniz. Gegen Bumsvallera gibt es keine Instanz. Nur aus einer solchen Weltanschauung kann jene großgeistige Überlegenheit erwachsen, die nirgends erhabener zum Ausdruck gekommen ist als in den Worten:

>>Was man draußen von uns meint,
Kann uns Schlacke sein,
Ist uns auch ganz schnurz!<<

Aber weit gefehlt wär' es, zu glauben, daß dem Studentenherzen die pietätvollen Gefühle fremd wären! Man beachte in dem allbekannten »Fuchsenliede«, mit welch' zärtlichem Interesse sich der ganze Chor nach des Fuchsen Papa und Mama, nach der Mamsell Soeur und sogar nach dem Herrn Rektor erkundigt, man beachte, mit welch' teilnehmender Sorge sich die ganze Corona mitten im Taumel der Jugendlust erkundigt, ob denn der alte Hauschildt noch lebe, und mit welcher innigen Genugtuung sie die frohe Nachricht, daß der alte Hauschildt immer noch lebe, ins Ungemessene wiederholt. Überhaupt nimmt sich der Student mit der schönen Weitherzigkeit der Jugend der alten Leute an, besonders da, wo man diesen das Recht zum Trinken verkürzen will.

>»Olle Winkelmann, olle Winkelmann,
> Was süppst du denn so sehre?«

Und nun die Entgegnung des alten würdigen Mannes:

>»Wat geiht di denn min Supen an,
> Wenn ick et man betahlen kann!«

Das erinnert an die wuchtigen Schlagverse einer antiken Tragödie. Und hat er denn nicht recht, der alte Mann? Und *wie* recht hätte er erst, wenn er's nicht bezahlen könnte! Die Frage, ob mit diesem berühmten Dialog eine Ehrung des alten Kunsthistorikers Winckelmann beabsichtigt sei, ist für den dichterischen Wert ganz belanglos. Die Verse gelten eben für jeden Winckelmann, wenn er auch *ganz anders* heißt.

>»Ein altes Weib auf der Turmspitze saß
> Und sauren Kohl mit Käse aß« –

ja – wer, frage ich, würde sich mal um die alte Frau kümmern, wenn es nicht der kommersierende Student thäte?! Und wie ungerecht ist die Beschuldigung, daß er über dem Kneipen die Studien vernachlässigte! In den allbekannten Versen

>»Der Herr Professor
> Liest heut' kein Kollegium,
> Drum ist es besser,
> Wir trinken eins rum«

ist es doch für jeden Wohlmeinenden offen ausgesprochen, daß *nur* deshalb getrunken wird, weil der Herr Professor nicht liest, und wenn hämische Gesellen behaupten, der Herr Professor lese eben deshalb nicht, weil alle Studenten trinken gegangen wären, so ist das für den Effekt ja ganz gleichgültig. Jedenfalls zeigt das gediegene Lied

> »Gennn–eral Laudon, Laudon rückt an, an, an,
> Gennn–eral Laudon, Laudon rückt an.
> Laudon rückt an, an, an,
> Laudon rückt an, an, an,
> Gennn–eral Laudon, Laudon rückt an.«

auf das deutlichste, daß die Studenten sogar bei der Kneipe unermüdlich Geschichte repetieren, und wer aus eigener Bemühung weiß, welch unausgesetztes Studium es erfordert, den »Abt von Philippsbronn« mit »Pst« und Pfiff und Schnalz- und Schnarchgetön (im richtigen Tempo bitte!) zu singen, und wer beobachtet hat, bis zu welcher idealen Vollkommenheit es darin selbst schwächer begabte Talente bringen, der kann den Studiertrieb der kommersierenden Jugend nicht anders achten als hoch. Ist doch auch die höchste Blüte des Erkennens, die rechte Selbsterkenntnis, durch Worte von ewiger Geltung zum Ausdruck gekommen, z. B. in den Worten des biederen Mannes der als Grobschmied und Vater inspizierender Weise nach Halle kommt und seinem flotten Sohn auf dessen Fragen: »Was macht die liebe Frau Mama, was machen die zarten Schwesterlein?« so schlicht als wahr erwidert:

> »Se sünd noch all recht fett und rund;
> Se seggen, du bist en Swinehund.«

Wer nur sehen *will*, der sieht also klar genug, daß der Studio sich nicht schont, vielmehr die härtesten Selbstanklagen mit Mut und Ausdauer verträgt. Wer auch erhebt machtvoller die Stimme der Menschlichkeit, als er es thut in den tief gemütvollen Worten:

> »Reißt dem Kater den Schwanz aus,
> *Reißt ihn aber nicht ganz aus!* (Bravo!)
> Laßt 'n kleinen Stummel dran,

Daß er wieder wachsen kann!«

und wer macht sich zum dröhnenden Sprachrohr des verfolgten lepus parvulus und trägt seine rührende Klage an das Ohr der Mitwelt?

> Longas aures habeo,
> Brevem caudam teneo.
> Quid feci hominibus,
> Quod me sequuntur canibus?
>
> Caro mea dulcis est,
> Pellis mea mollis est.
> Quid feci hominibus,
> Quod me sequuntur canibus?
>
> Quando reges comedunt me,
> Vinum bibunt super me.
> Quid feci hominibus,
> Quod me sequuntur canibus?

Mein Freund, der Vernünftige, hat mich darauf aufmerksam gemacht, daß die Menschen den Hasen ja *eben deswegen* verfolgten, *weil* sein Fleisch so süß und sein Fell so weich sei. O meine Brüder, soll ich ihm 'mal eine 'runterhauen? Aber nein! Seien wir duldsam gegen die Armen, denen nicht geworden ist, das Farbenspiel des Lebens zu kosten, und steigen wir als glückselige Wissende empor zu immer höheren Höhen des Tiefsinns. Sursum Corda!

Da gelangen wir denn zu den orphischen Worten vom Bock, der nicht milchen will.

> »Mich wundert nichts, als daß, als daß
> Der Bock nicht milchen will,
> Und frißt doch allzeit Gras,
> Und frißt doch allzeit Gras.«

Millionen von Menschen, ganze Geschlechter von Erdbewohnern sind achtlos an diesem Phänomen vorübergegangen, oder wenn sie es auch beobachtet haben, so fanden sie doch nicht den Mut, nach der Ursache zu fragen. Erst der trinkende Student fand diesen Mut. Gewiß: beantworten konnte auch er diese Frage nicht, das mußte er den Professoren überlassen, die die merkwürdige Erscheinung längst auf die Männlichkeit des Bockes zurückgeführt haben; aber schon der Mut, eine solche Frage zu stellen, ist bewunderungswürdig.

Die Behauptung:

>>Häßlichkeit entstellet immer,
Selbst das schönste Frauenzimmer.<<

erfordert schon weit weniger Mut. (Denn wenn ein schönes Frauenzimmer durch Häßlichkeit entstellt wird, was nützt ihm dann seine ganze Schönheit?! Ja: kann man in einem solchen Falle *überhaupt* noch von einem >>schönen Frauenzimmer<< sprechen? Mein ernsthafter Freund verneint es rundweg.)

Von kühnstem, bis in die Polarregionen vordringendem Forschergeiste zeugen die sehr belehrsamen und bildungsvollen Verse vom Eskimo.

>>Der Eskimo – lebt manchmal wo;
Doch manchmal, da lebt er wo anders.
Er trinkt den Thran – wie Bier der Mann
Und reibet damit Salamanders.<<

Aber das alles, so tief es ist, ist noch seicht und trivial im Vergleich zu dem Liede vom Frack!

>>O wie bimmel, bammel, bummelt
O wie bimmel, bammel, bummelt
O wie bummelt mir mein Frack!
Ich hab noch nie einen Frack gehabt,
Der mir so sehr gebimmelbammelt hat.
O wie bimmel, bammel, bummelt
O wie bummelt mir mein Frack!<<

Dies, ich wage das schämige Geständnis, ist mir das Höchste in der Dichtkunst. Hier ist nur Empfindung, Beobachtung und Bericht von Thatsachen; alle Reflexion ist vermieden. Der Dichter verzichtet auf jegliches intellektuelle Moment, er ist ein Volldichter. Dieses Werk konnte geschaffen und dann genossen werden bei gänzlich exstirpiertem Gehirn, ausschließlich mit Hilfe des Plexus solaris, jenes famosen Gangliengeflechts in der Magengegend. Über den Vortrag sei folgendes bemerkt: die Hände ruhen bis zu den Ellbogen in den Hosentaschen, die Cigarre hängt genau senkrecht im linken Mundwinkel, der Blick tastet mit elegischer Zärtlichkeit am Frack hinunter und sucht vergeblich den vorderen Teil der Schöße.

Tempo: das hartnäckigste Largo, nach Mälzel ♩ = 1. Aber –:

Jetzt kommt ein wichtiges Aber. Auch in diesem höchsten Moment soll der Kneipant noch so viel Herrschaft über sich besitzen, daß er mit ernster Hingabe singt und sich im stillen über seinen Ernst unbändig amüsiert. Der größte Blödsinn wird ernst genommen: eben das macht den Kommers zu einem Bild des menschlichen Lebens. Und wen solch ein Ernst von Herzen heiter stimmt, der ist ein Herr des Lebens. Und das soll der Kneipant sein. Wir wollen mit dem Stumpfsinn spielen wie Brutus, und nachher wollen wir allerlei Tyrannen zum Teufel jagen. Sollte einer unter euch, liebe Brüder, gewähnt haben, daß ich die Entwickelung unseres Vaterlandes zur Bierarchie befördern helfen wolle, so hat er geirrt. Und wenn das edelste Münchener Bräu oder das süffigste Gold vom Rhein in Strömen fließt: oben auf schwimme der Mensch. Ihr sollt, liebe Brüder, euer geehrtes Innere begießen, auf daß der *Mensch* in euch zur Blüte komme.

Nein, das meine ich natürlich *nicht*, daß einer ein steifes Genick haben soll, daß einer sich nie vergessen soll, nie sich heiser singen soll, daß er für alles Getriebe um ihn her einen kühlen Polizeiblick bewahren soll, daß er ein dicker Klotz oder Pfahl sein soll, der von keinem Freudenstrudel sich fortreißen läßt. Solche Scheusale gehören in die Wolfsschlucht. Gottlob giebt es aber noch starke Kerle, die mitten durch Tabak- und Freudenqualm einen freundlich-festen Blick balancieren können, denen in seligsten Sekunden eherne Entschlüsse reifen und die, *wenn's notthut,* auf beide Füße springen und Männer sein können.

Denn bei einem rechten Kommers singt man ja auch solche Lieder wie »Freiheit, die ich meine« mit den seligschönen Versen:

»Auch bei grünen Bäumen in dem lust'gen Wald,
Unter Blütenträumen ist dein Aufenthalt.
Das ist rechtes Leben, wenn es weht und klingt,
Wenn dein stilles Weben wonnig uns durchdringt.
Wo sich Männer finden, die für Ehr' und Recht
Mutig sich verbinden, weilt ein frei Geschlecht.
Das ist rechtes Glühen, frisch und rosenrot:
Heldenwangen blühen schöner auf im Tod.«

und solche Lieder, wie »An der Saale hellem Strande« mit den Versen:

»Drüben winken schöne Sterne,
freundlich lacht manch' roter Mund«

und mit fern versinkendem Blick sieht dann der Sänger alle Schönheit deutschen Landes: er hört den heiligen Gesang seiner Wälder und blickt mit sinnenden Gedanken hinaus in ihre grünen Dämmerungen und hinab in den bilderreichen Spiegel heimatlicher Ströme. Und wie vom Söller her ihm schöne Augensterne winken, steht in seinem Herzen der junge, süße Wirbelsturm der Liebe auf. Und schön ist in jungbrausender Seele der ernste Gedanke an den Tod für ein heiliges Gut.

Jugend sei das vornehmste Getränk an eurem Tisch. Daß ihr aber auch im grauen Haar noch jubilieren möget, bewahrt in eurem Keller von diesem edelsten Getränke ein ungeheures Faß, das bis ans Lebensende vorhält. Eines der herrlichsten Gebete, die je gesprochen worden, ein Gebet Heinrich Heines, sprecht es täglich nach; es heißt: »Ihr Götter, ich bitte euch nicht, mir die Jugend zu lassen; aber laßt mir die Tugenden der Jugend, den uneigennützigen Groll, die uneigennützige Thräne!«

Und nicht so soll es sein, wie in jenem spöttischen »Rückerinnerungslied«, wo es heißt:

»Heute Kriegsgeschrei und Fehde allem, was die Lust vergällt,
Morgen salbungsvolle Rede über diese Sündenwelt.
Heute Feindschaft dem Philister, der gehorsamst denkt und
schweigt,

Morgen vor dem Herrn Minister demutsvoll das Haupt geneigt.«

So soll es *nicht* sein, liebe Brüder, so *nicht!* Auch sollen die Jungen unter euch nicht meinen, daß sie nachher mit der schneidigen Wurschtigkeit der Bierlogik und Bierjustiz auf den Köpfen ihrer Mitmenschen herumpräsidieren können. Wer vom großherzigen und großäugigen Jugendtrutz nichts hinüberrettet in sein Manneswerk, den soll, was er gekneipt hat, wiederkneipen, dem soll jeder Tropfen zu Gicht werden, und die soll ihm in den Hinterfüßen nur so lange rumoren, bis er ernstlich anderen Sinnes wird.

Und wenn er dann einmal wieder mit alten und ältesten Herren zusammenkommt zu fröhlicher Runde und er vom Angesicht der andern den Wandel der Dinge liest, wenn er in eines Augenblicks Erleuchtung überschaut, was alles anders gekommen, wie er es einst gehofft, und von den Wänden ein ernstes Wort hallt: *Vergänglichkeit* – wenn dann das herrlichste und wehmutvollste aller fröhlichen Lieder steigt, das Lied von der dahingeschwundenen Burschenherrlichkeit, und wenn zuletzt der feierliche Augenblick kommt, da alles sich erhebt und einstmals oft verflochtene Hände sich wiederfinden: Dann mag er's mit ehrlich bejahendem Herzen mitsingen, das schöne Bekenntnis:

>»Klingt an und hebt die Gläser hoch,
>Die alten Burschen leben noch,
>Es lebt die alte Treue!
>Es lebt die alte Treue!«

Und nun, liebe Brüder, wollen wir trinken auf alle, die vom breiten Stein nicht wanken und nicht weichen. Aber auf die, die verlernt haben, daß es Tage gibt »von besonderem Schlag«, Tage, so schön, daß man zu ihnen gar nichts anders sagen kann als » **Ergo bibamus!**« – auf die – auf die wollen wir auch trinken. Schon um unsertwillen. Das wäre ja auch noch schöner, wenn wir um deretwillen dürsten sollten! Wir wollen auf sie trinken in der Hoffnung, daß sie sich bessern. Auf jeden einzeln! Das schmeichelt ihnen; das greift ihnen an die Ehre. Dann gehen sie in sich.

Nachher trinken wir dann noch auf die Temperenzler; das sind sie uns schuldig. Prost!

Das Wintersonnenmärchen.

. . . Gestern in der Dämmerung vernahm ich hinter den winterlichen Nebelhüllen ein Licht und ein Klingen. Es war wie ein blinzelnder Stern, ein verirrter Klang . . .

Denn nun beginnt ja schon die große, heilige Dichtung, die die Leute »Weihnachten« nennen.

So schöne Dichtungen giebt es nur noch wenige. Eine heißt: »Entschwundene Kindheit«; eine andere: »Der nächste Frühling«. Weiß jemand noch eine?

Es ist ganz unbestimmt, wie lang die schöne Dichtung ist, die »Weihnachten« heißt. Es ist schon eine hübsche Zeit her, daß ich in erster Frühe aus dem Schlafe geweckt wurde durch ein eifriges und andauerndes Geplapper. Das Geplapper kam aus der Schlafstube der Kinder. Es war noch ganz dunkel. Ich horchte.

»Sechsundsechzigmal.«

»Nein, siebenundsechzigmal! Sieh mal: heut ist der achtzehnte, nicht? Bleiben also noch dreizehn Tage.«

»Zwölf!«

»Ach Junge. Oktober hat doch einunddreißig!«

»Na ja: dreizehn.«

»Und November hat dreißig, macht dreiundvierzig, und dann noch vierundzwanzig vom Dezember, macht siebenundsechzig. Noch siebenundsechzigmal schlafen, dann ist Weihnachten.«

»Hm . . . .«

So früh schon vernehmen die Kinder aus dem Winterdunkel das ferne Schimmern und Singen . . .

Und dann ziehen sie jeden Morgen eins ab: jetzt noch sechsundsechzigmal schlafen.. Jetzt noch fünfundsechzigmal . . .

Ganz so früh fängt für mich das Weihnachtslied nicht an. Aber doch schon früh. Der erste hergewehte Hauch eines nahenden Gesanges ist so schön in seiner geheimen Ahnungsfülle!

Man entfesselt bei Tische oder in der Dämmerung oder nachmittags, wenn man sich zu kurzer Ruhe aufs Faulbett gestreckt hat, ein Weihnachtsgespräch unter den Kindern. Mein Neunjähriger erzählt aus der Schule. Der Lehrer hat gesagt: »Wenn ihr nicht fleißig seid, kriegt ihr nichts vom Weihnachtsmann.« Da haben die Jungen gelacht und gerufen: »Es gibt ja gar keinen Weihnachtsmann!« Da hat der Lehrer gesagt: »Soo? – Wer glaubt, daß es einen Weihnachtsmann gibt?« Da hat ein einziger Junge den Finger gezeigt: meiner. Und da haben die anderen ihn ausgelacht.

Diese Schande! Gerade *mein* Sohn, der Sohn eines Menschen, der mit hartnäckiger Bosheit für »unbeschränkte Aufklärung« eintritt – gerade *der* muß der einzige Gläubige sein in einer christlichen Schulklasse! Komm, Junge, ich muß dir die frommen Augen küssen; ich habe dich grenzenlos lieb in deiner einsamen Schande!

So lange ihr lebt, Kinder, soll es in eurer Seele blühen, und aus jedem verwelkten Glauben soll euch ein neuer keimen! Das ist mein Segen. Nur wenn man euch *zwingen* will zum Glauben, durch Kerkerstrafen oder Höllenpein, dann sollt ihr lachen, lachen aus voller Brust und beide Fäuste schütteln, zum Zeichen, daß ihr nötigenfalls bereit seid, sie zu brauchen! Auch ihr Mädels! Daß ihr mir nicht feige duckt, wenn euch einer sagt: »Ihr müßt an den Weihnachtsmann glauben, sonst leuchtet euch kein Tannenbaum!«

Wir haben immer unsere stille Freude an einem Experiment, meine Frau und ich. So um den September und Oktober herum sind die älteren unter den Kindern noch fest überzeugt, daß der Weihnachtsmann nirgends anders existiere als im Portemonnaie des liebenswürdigen Vaters. Natürlich genießen sie volle Glaubensfreiheit. Nur gelegentlich fällt ein Wort, daß man den Knecht Ruprecht auf der Straße getroffen, sich längere Zeit mit ihm über die diesjährige Tannen- und Puppenernte unterhalten habe, daß gestern abend sein rauhhaariger Kopf hinter den Eisblumen des Fensters auftauche sei ... Im November etwa werden die rationalistischen Überzeugungen schwankend; die Nachrichten vom Weihnachtsmann werden mit einem merkwürdigen Schweigen aufgenommen. Wenn man ganz heimlich um den Lampenschirm herumschaut, dann sieht man große, stille Augen mit nachdenklichem Blick in die Ferne gerichtet. In einem Augenblick der Stille hört man ein tiefes Atmen.

Im Dezember erfolgt dann die Kapitulation. Man nimmt den Glauben an den allein selig machenden Weihnachtsmann an und entsagt dem heidnischen Glauben an das Portemonnaie. Wer jetzt noch Zweifel äußert, wird von den anderen schon entrüstet zurechtgewiesen. Tout comme chez nous. Wenn dann der heilige Abend da ist und man hinter der Thür mit gräßlich verstellter Stimme fragt: »Seid ihr denn auch artig gewesen?« – dann kann es allerdings geschehen, daß gerade das Jüngste mit pietätloser Unschuld antwortet: »Ja Papa!« Den anderen sagt ein sicherer Instinkt, daß zu viel Gehör in diesem Augenblick inopportun wäre, daß ein stillschweigendes sacrifizio dell' intelletto genau so aussieht wie Frömmigkeit u. s. w. Nachher freilich, wenn sie ihre Geschenke weg haben und der dunkle Tannenbaum seine goldenen Augen aufgeschlagen hat, dann schreien sie: »Ätsch, ich hab wohl gehört, daß du es warst, Papa, du hast so ganz tief gesprochen: Wuwuwuwu . . .« Dann sind sie frech, dann ist die ganze Bande wieder ungläubig.

Die Kleinen erinnern einen halt so oft an die Großen.

Wozu sollte man ihnen auch durchaus den Weihnachtsmann aufnötigen; es giebt ja so viel andere schöne Götter!

Bis ins heiratsfähige Alter erhält man ihnen den Glauben an den Weihnachtsmann doch nicht! Dann haben sie längst eine Menge anderer Glauben gehabt. Und später, wenn sie längst eingesehen haben, daß nur Liebe der Eltern es war, was ihnen einst die strahlenden Stunden der Weihnacht bescherte, dann werden sie finden, daß Liebe in dieser greuelvollen Welt viel wunderbarer, seltsamer und heiliger ist als ein Weihnachtsmann. O, wohl vermag er zu wachsen mit zunehmendem Alter, der Glaube au die Wunderkräfte der Welt! Die Wunder, welche der naive Sinn schaut, sind ja nur Nürnberger Tand gegen die Wunder, welche die weltbewanderte Seele ahnt!

Wie gesagt, man entfesselt ein Weihnachtsgespräch unter den Kleinen. Das ist nicht schwer. »Was wünschst du dir?« frag ich die Kleinste.

»Ich wünsch mir 'ne Puppe, die schlafen un schreien un trinken kann – aber richtig trinken! – un denn 'ne kleine Babyflasche mit 'm klein niedlichen Lutscher auf, un 'ne ganz, ganz kleine, süße Klingelbüchse. Ist das ungeschämt?«

»Nein, das ist nicht unverschämt. Was schenkst du *mir* denn?«

»Ja, was wünschst du dir?«

»Ja, wie viel Geld hast du denn in deinem Spartopf?«

»Mama, wie viel hab ich?«

»Fünfundachtzig Pfennige.«

»Fünf'nachßig Fennige.«

»Na, dann wünsch ich mir ein großes, schönes Haus mit einem großen, schönen Garten.«

»Mm. Und was noch mehr?«

»Und dann einen schönen Wagen mit zwei wunderschönen Pferden davor.«

»O ja!! Un was noch?«

»Und ein großes Bauerngut mit lebendigen Pferden und Kühen und Schweinen und Ferkeln – aber richtige Ferkel, mein' ich, nicht solche, wie ihr seid!«

»Nein! Un was *denn* noch?«

»Ja – wenn du mir dann noch einen Original-Böcklin schenken willst –«

» *Was?* «

»Na laß nur, dazu reicht's doch nicht.«

Dem Jungen brennt so ein Haupt- und Herzenswunsch auf der Seele, das sieht man. In seinen Augen glüht ein traumfernes Entzücken.

»Was möchtest du denn haben?«

»Vater – sag erst 'mal, ob das Buch von Robinson teuer ist.«

»Furchtbar teuer.«

Sein Kopf sinkt auf die Brust.

»Aber es geht vielleicht – 'mal sehen.«

Da entbrennen seine Augen.

»Vater – ich will auch gar nichts anderes haben, wenn ich *nur* das Buch von Robinson kriege!«

Solch ein Verlangen stillen: das nenn ich eine Weihnachtsfreude!

Es ist merkwürdig, daß sie die finanzielle Seite der Frage erwägen, obgleich sie doch an den Knecht Ruprecht glauben. Aber man betet ja auch vertrauensvoll zum heiligen Florian und versichert sich dann gegen Feuerschaden.

Und merkwürdig ist es auch, daß sie sich gar nichts »Praktisches« und »Nützliches« wünschen, wie wollene Unterjacken und dergleichen. Mein Nachbar, ein gewisser Herr Schraffelhuber, hat einen Jungen von acht und einen von sechs Jahren. »Ich schenke meinen Jungen grundsätzlich nur nützliche Sachen zu Weihnachten,« sagte er zu mir, »wie Stiefel, Strümpfe, Mützen, Schulränzel und dergleichen. All der andere Tand und Spielkram verleitet sie nur zur Thorheit, Faulheit und Unaufmerksamkeit und bringt sie dahin, den Wert des Geldes gering zu achten. Die Großmutter schenkt ihnen ein Stück Spielzeug, und das genügt. In ein paar Tagen ist es doch wieder kaput.«

»Herr Schraffelhuber,« sagte ich darauf, »Herr Schraffelhuber, wissen Sie, was ich Ihnen gönne, Herr Schraffelhuber? Ich gönne Ihnen, wenn Sie mal in den Himmel kommen, daß der Herrgott Ihnen einen großen und dauerhaften Regenschirm schenkt und sagt: ›Hier, mein lieber Schraffelhuber, hast du einen großen und dauerhaften Regenschirm als Krone des Lebens. Dein Platz ist nämlich draußen in meiner dicksten Regenwolke. Da wirst du diesen praktischen, nützlichen und zweckmäßigen Regenschirm zu schätzen wissen. Ich wünsch dir eine nutzbringende ewige Seligkeit, mein lieber Schraffelhuber!‹ – Das, Herr Schraffelhuber,« (sagte ich!) »das gönne ich Ihnen.«

Seitdem haßt er mich; aber wenn solche Leute mich hassen, das wärmt mich so recht innerlich, als wär's der herrlichste Weihnachtspunsch.

An solchen Festen soll ja der Beschenkte kosten »von dem goldnen *Überfluß* der Welt«, und man soll ihm spenden, was ihm unter *gewöhnlichen* Umständen nicht erreichbar wäre! Wenn der arme Teufel barfuß läuft, so schenkt ihm Stiefel und Strümpfe. Wenn er aber des Leibes Notdurft hat, so schenkt ihm eine Trüffelwurst oder Henry Clays oder eine Radierung von Klinger oder – warum nicht, wenn er sich's wünscht?! – eine kleine Drehorgel, gerade *weil* es Verschwendung ist, *weil* es Luxus ist, *weil* es ein Spiel ist! Ach mein Gott, wir haben ja alle das Spiel so nötig! Dazu sind uns ja Tage des Festes gegeben, daß wir einmal herauskommen aus der verdammten Trivialität der Regelmäßigkeit! Darum verzehrt man ja am Weihnachtsfeste so viele Hasen, Gänse, Enten, Karpfen, Kuchen, Äpfel, Nüsse, Mandeln, Rosinen, Datteln, Feigen, Mandarinen und Apfelsinen mit den zugehörigen Getränken, weil selbst die geregelte Verdauung etwas ist, was unterbrochen werden muß, wenn es nicht langweilig werden soll!

Ich kann euch sagen: ich hab die Nützlichkeit geschmeckt. Die guten Eltern waren keine Prosaiker, wenn's nicht nötig war. Aber als ich vierzehn Jahr alt war, da hieß es: »Der große Junge braucht wohl kein Spielzeug mehr; der kriegt diesmal was Nützliches.« Natürlich stimmte ich stolzen Herzens zu; es war ja noch vierzehn Tage vor Weihnacht. Ich, ein junger Mann von vierzehn Jahren, soll mir Spielsachen schenken lassen – lächerlich! Als dann aber die Bescherung kam, da waren *wirklich* keine da! Die jüngeren Geschwister hatten niedliche Windmühlen und Baukästen und Hühnerhöfe; aber ich hatte *nicht ein einziges Stück*, sag ich euch. Nur Kragen, Strümpfe, Halstücher und so etwas. Geweint hab ich sehr, aber nur nach innen! Zwei oder drei bitterheiße Tropfen. Nach außen hab ich den jungen Mann aufrecht erhalten. Ein paarmal hab ich mich wohl vergessen und heimlich mit den Sachen der anderen gespielt; aber – du lieber Himmel – mit vierzehn Jahren ist man auch noch ein *recht* junger Mann. Als ein jüngerer Bruder mich verspottete, weil ich mit seiner Windmühle spielte, vermochte ich ihm mit Hoheit und einem großen Jungensbaß zu erwidern: »Du Dummbart, ich wollte nur mal sehen, wie sie eingerichtet ist.«

Wenn eure Kinder mit vierzehn, sechzehn, achtzehn Jahren und später noch spielen mögen, so stört sie nicht. Denn das sind gewöhnlich die Menschen, die draußen in der ernsten Welt ihr Werk angreifen mit froher Kinderkraft und die mit naivem Lächeln bewältigen, was dem Pedanten unmöglich schien.

Ja, wenn ich nicht fürchten müßte, mich grenzenlos zu blamieren, so würde ich irgend einem verschwiegenen Freunde in aller Heimlichkeit gestehen, daß mir bei den Weihnachtseinkäufen in den Spielzeugläden oft ganz weich und kindisch ums Herz wird. Meine Frau behauptet auch, daß ich immer teurere Dinge kaufte, als ich mir zu Hause vorgenommen hätte. Sie verschweigt dabei allerdings, daß sie die geringere Ware so lange mitleidig betrachtet und die bessere so lange reizend findet, bis ich mich für das Reizende entscheide. Das muß ich ja zugeben: Die letzte Entscheidung überläßt sie mir. Wenn ich also nicht Manns genug bin, so trifft ja mich die Verantwortung. Aber wenn ich Raubtiere sehe, die wirklich wie Tiere aussehen, mit wirklichem Fell überzogen sind, und darunter einen Bären, der wirklich diesen charakteristischen Bärenblick hat, diesen bonhommistischen Raubtierblick, diesen blutdürstigen Honigblick, diesen politischen Pastorenblick, einen Bären, der noch dazu nicht größer ist als der Elefant in derselben Schachtel, vielleicht sogar etwas kleiner –: dann werd ich eben schwach, dann kann ich nicht widerstehen.

Und nun die Heimlichkeit, wenn man nach Hause kommt. Welch ein Glanz umflimmert solch ein graupapierenes Paket. Fragende Wünsche, zweifelnde Hoffnungen umflattern es wie Falter mit farbenwechselnden Flügeln! Und wie muß man sich zusammennehmen, um die Kinder zu überzeugen, daß man keine Ahnung habe, womit sie einen überraschen wollen.

Und näher rückt die Zeit – »jetzt noch zehnmal schlafen« .... »jetzt noch neunmal« .... Da kommen sie überall her auf weichen, weißen Schwingen, die schönen Weihnachtslieder. Sind sie wirklich alle so schön, oder ist es nur, weil bei jedem Ton eine ganze vergangene Weihnacht heraufsteigt? Und dann tönt wieder die liebliche Geschichte von dem Kindlein in der Krippe, von der Herrlichkeit, die sich aufthat über den nächtlichen Hirten, und von dem Stern, der über der Hütte von Bethlehem stand. Es war ein großer, reiner, sanfter Stern. Seine Schönheit leuchtete allen Landen; aber vor allem herrlich schaute er herab auf Germaniens weißstarrende Winterwälder, auf Deutschlands nebelrauchende Wiesen! Die Kinder Germaniens lieben aus innerster Seele das Licht, das durch schweigende Nebel dringt, das feuchte Silber der Wintermorgensonne, der Elben nächtlich wogende Schleier, durch die das stille Auge des

Mondes blickt. Wenn die Äste krachen unter der Last des Eises, und schweigender Schnee seine Schwelle längst schon begrub, dann steht der Deutsche am dunklen Fenster und spricht mit dem letzten roten Schimmer der sinkenden Wintersonne.

Dies ist ihm das rechte Neujahrsfest; es ist Wintersonnenwende. Heute denkt er zurück, wen er zu sehr gehaßt, wen er zu wenig geliebt. Er sieht im müden, warmen Lichte der letzten Röte den Nachbar Fuhrmann nach Hause kommen, den Tannenbaum unter dem Arm, daß die Spitze durch den Schnee schleift. Ein Hündchen springt über den Weg und kehrt wieder ins Haus zurück. Wer wollte denn heut nicht daheim sein? Weihnacht feiert wohl selbst der Stein am Wege. Über allem ist ein lächelnder, unerschütterlicher Wille zum Frieden ausgebreitet. Und ganz am äußersten Rande des weiten Schneefeldes sieht nun der Deutsche ein niedriges Dach, und über der schneeverwehten Hütte entzündet sich mehr und mehr ein Stern. Und ganz – ganz leise und ganz fein – aber doch so klar – und so ruhevoll kommt es dahergezogen, ein Lied, ach ein feines, wunderbares Lied:

>>Es ist ein Reis entsprungen
Aus einer Wurzel zart.
Wie uns die Alten sungen,
Von Jesse kam die Art.
Und hat ein Blümlein bracht
Mitten im kalten Winter
Wohl zu der halben Nacht.<<

Das ist ein deutscher Sang. Denn das erquickt den Deutschen am innigsten, wenn aus dem verschneiten Winterdunkel ein Schimmer dringt, wenn aus totenstillen Winternebeln langsam die Sonne des kommenden Frühlings blüht.

Und wenn nun hinter ihm im Dunkel der geschmückt schon harrende Baum mit leisem Geräusch die Zweige dehnt – und wenn die Kinder vor der Thür stehen und die schwellenden Wünsche in ihren Herzen aufbrechen zu heißblühendem Verlangen – dann ist das Wintersonnenmärchen auf seinem Gipfel, dann wirkt sie ihren höchsten Zauber, die heilige Dichtung, die die Menschen >>Weihnacht<< nennen.

Es gibt nur noch wenige Dichtungen, die so schön sind. Eine heißt »Entschwundene Kindheit«, eine andere »Der nächste Frühling«. Weiß jemand noch eine?

Über tredition

Eigenes Buch veröffentlichen

tredition wurde 2006 in Hamburg gegründet und hat seither mehrere tausend Buchtitel veröffentlicht. Autoren veröffentlichen in wenigen leichten Schritten gedruckte Bücher, e-Books und audio-Books. tredition hat das Ziel, die beste und fairste Veröffentlichungsmöglichkeit für Autoren zu bieten.

tredition wurde mit der Erkenntnis gegründet, dass nur etwa jedes 200. bei Verlagen eingereichte Manuskript veröffentlicht wird. Dabei hat jedes Buch seinen Markt, also seine Leser. tredition sorgt dafür, dass für jedes Buch die Leserschaft auch erreicht wird.

Im einzigartigen Literatur-Netzwerk von tredition bieten zahlreiche Literatur-Partner (das sind Lektoren, Übersetzer, Hörbuchsprecher und Illustratoren) ihre Dienstleistung an, um Manuskripte zu verbessern oder die Vielfalt zu erhöhen. Autoren vereinbaren direkt mit den Literatur-Partnern die Konditionen ihrer Zusammenarbeit und partizipieren gemeinsam am Erfolg des Buches.

Das gesamte Verlagsprogramm von tredition ist bei allen stationären Buchhandlungen und Online-Buchhändlern wie z. B. Amazon erhältlich. e-Books stehen bei den führenden Online-Portalen (z. B. iBookstore von Apple oder Kindle von Amazon) zum Verkauf.

Einfach leicht ein Buch veröffentlichen: **www.tredition.de**

Eigene Buchreihe oder eigenen Verlag gründen

Seit 2009 bietet tredition sein Verlagskonzept auch als sogenanntes "White-Label" an. Das bedeutet, dass andere Unternehmen, Institutionen und Personen risikofrei und unkompliziert selbst zum Herausgeber von Büchern und Buchreihen unter eigener Marke werden können. tredition übernimmt dabei das komplette Herstellungs- und Distributionsrisiko.

Zahlreiche Zeitschriften-, Zeitungs- und Buchverlage, Universitäten, Forschungseinrichtungen u.v.m. nutzen diese Dienstleistung von tredition, um unter eigener Marke ohne Risiko Bücher zu verlegen.

Alle Informationen im Internet: **www.tredition.de/fuer-verlage**

tredition wurde mit mehreren Innovationspreisen ausgezeichnet, u. a. mit dem Webfuture Award und dem Innovationspreis der Buch Digitale.

tredition ist Mitglied im Börsenverein des Deutschen Buchhandels.

Dieses Werk elektronisch lesen

Dieses Werk ist Teil der Gutenberg-DE Edition DVD. Diese enthält das komplette Archiv des Projekt Gutenberg-DE. Die DVD ist im Internet erhältlich auf **http://gutenbergshop.abc.de**